Chère lectrice,

Vous souvenez-vous [...] échangé avec l'homme de vos rêves ?

Le *Premier baiser*, n'est-ce pas pour chacune d'entre nous un instant rare, une émotion tendre, une promesse inoubliable ? Un moment, à la fois simple et extraordinaire, qui peut bouleverser toute une vie, comme Hannah et Dev en font l'expérience. Se retrouvant dans leur ville natale, Destiny, ils sont persuadés de n'être l'un pour l'autre rien de plus que des amis d'enfance. Mais ils échangent un baiser qui fait basculer leur destin à tout jamais… Lieu privilégié de cette idylle, Destiny, petite ville du Texas, sera le théâtre d'autres merveilleuses aventures, et de révélations étonnantes, que je vous invite à découvrir dès le mois prochain !

Bonne lecture.

La responsable de collection

Princesse de cœur

LILIAN DARCY

Princesse de cœur

COLLECTION HORIZON

Cet ouvrage a été publié en langue anglaise
sous le titre :
FINDING HER PRINCE

Traduction française de
DANIÈLE COLSON

HARLEQUIN®

est une marque déposée du Groupe Harlequin
et Horizon® est une marque déposée d'Harlequin S.A.

Originally published by SILHOUETTE BOOKS,
division of Harlequin Enterprises Ltd.
Toronto, Canada

Toute représentation ou reproduction, par quelque procédé que ce soit, constituerait
une contrefaçon sanctionnée par les articles 425 et suivants du Code pénal.
© 2002, Melissa Benyon. © 2003, Traduction française : Harlequin S.A.
83-85, boulevard Vincent-Auriol, 75013 PARIS — Tél. : 01 42 16 63 63
Service Lectrices — Tél. : 01 45 82 47 47
ISBN 2-280-14300-0 — ISSN 0993-4456

1.

— Zut ! Encore une preuve que le Prince charmant avait raison…, murmura Suzanne Brown entre ses dents.

Tout en serrant dans sa main un petit bout de lainage rose, elle barra d'un trait rageur une ligne supplémentaire dans son agenda. Encore un nom d'homme qui tombait aux oubliettes ! Celui-ci s'appelait Robert. Au cours des deux journées précédentes, Mike, Duane, Lees, Colin et Dan s'étaient succédé devant elle, à une allure telle qu'elle n'avait même pas réussi à retenir leur nom de famille.

Sa déception était si grande qu'elle en avait mal à l'estomac. Elle regarda Robert se diriger vers la porte. Au fur et à mesure qu'il s'éloignait, le crissement de ses pas sur le linoléum brillant se perdait dans le brouhaha du café de l'hôpital. Il sortit sans même se retourner.

Encore un qui disparaissait !

Ce petit chausson rose faisait échouer toute l'affaire. Et chaque fois, selon un scénario identique.

Pour commencer, Suzanne se mettait à chercher un mouchoir dans son sac. Puis, comme par accident, le chausson s'en échappait et atterrissait devant eux sur la table. Si mignon, si fragile… Chaque fois, pourtant, il provoquait un regard inquiet chez l'homme — Mike, Colin, Peter… — qui se trouvait en face d'elle.

— Vous êtes peut-être mère célibataire ? avaient demandé deux ou trois d'entre eux.

Suzanne récupérait alors le chausson et, malgré la nervosité qui, immanquablement, s'emparait d'elle à partir de cet instant, elle commençait à parler de la petite Alice.

Elle expliquait que sa sœur aînée, le Dr Jodie Rimsky, était brutalement décédée d'une rupture d'anévrisme à la fin de son sixième mois de grossesse. Le bébé avait pourtant vu le jour grâce à la présence d'esprit de son collègue, le Dr Michael Feldman, qui avait pratiqué une césarienne en urgence.

Alice se trouvait encore à l'hôpital pour quelque temps, et Suzanne espérait en obtenir la garde à sa sortie. En effet, conçue par insémination artificielle, la petite fille ne pouvait espérer aucun soutien de la part de son père et se retrouvait donc orpheline.

Chaque fois, Suzanne observait la même réaction chez son interlocuteur : l'inconnu marmonnait quelques vagues excuses et se levait. Le chausson rose toujours serré dans sa main, Suzanne voyait alors disparaître une nouvelle chance de bonheur pour Alice.

Lasse de ce manège, elle étouffa un gros soupir. Jusqu'à présent, elle n'avait jamais ressenti d'affinité particulière avec l'histoire de Cendrillon, alors que sa sœur Jill et sa demi-sœur Catrina se sentaient presque magiquement attirées par la jeune fille à la pantoufle de vair. Mais depuis quelques jours, elle commençait à comprendre le Prince charmant, et elle lui donnait entièrement raison : la chaussure, en l'occurrence le petit chausson, était la clé de l'histoire. S'il ne convenait pas, inutile de continuer !

Sa petite annonce, formulée avec le plus grand soin, avait paru dans le dernier numéro d'un magazine new-yorkais bien connu. Hélas, chacun des hommes qui y avait répondu s'était montré très clair : non, le chausson rose ne faisait pas son affaire ! Il n'en avait pas envie, ou bien il n'avait pas le temps... Bref, il ne pouvait en être question. D'autant moins qu'il appartenait à une petite orpheline encore hospitalisée dans le centre de soins intensifs des prématurés.

Découragée, Suzanne le posa sur la table et le fixa d'un air morne. *Je suis sans doute trop directe, avec cette histoire... Peut-être devrais-je fixer les rendez-vous ailleurs qu'à l'hôpital ? Et attendre pour parler d'Alice que nous soyons sortis ensemble quelque temps... Mais ce serait abuser de la confiance de ces hommes ! En plus, je suis trop pressée pour cela. Il me faut trouver un mari très vite. Si je reformulais ma petite annonce ?*

Urgent. Cherche mari et père, désespérément.

Oui, *désespérément* ! Les pensées de la jeune femme se bousculaient à toute allure, effrayantes, comme prisonnières de la nacelle d'un manège lancé à toute allure sur son circuit. *Si je ne suis pas mariée, s'il n'y a pas d'homme dans ma vie, jamais le Dr Feldman n'appuiera ma demande d'adoption devant le tribunal. C'est maman qui obtiendra la garde d'Alice et ce sera une catastrophe, parce qu'un bébé a besoin d'amour et que maman n'aime qu'elle-même, même si elle prétend le contraire. Moi, j'aime cette petite fille. Elle a changé tous mes plans, tous mes projets d'avenir. Mais où trouver — et vite ! — un homme qui l'aime autant que moi ?*

Suzanne n'avait pas de réponse à cette question. Et plus un seul époux potentiel à rencontrer. Elle rangea le chausson dans son sac. Petite chose rose et légère, qui pesait si lourd dans sa vie ! Puis, elle avala son sixième café de la journée et se dirigea vers l'ascenseur. Sa recherche du Prince charmant, cet homme au grand cœur qui accepterait de garder le chausson dans sa main, attendrait un peu. Pour l'instant, elle voulait retourner dans le secteur de néonatalogie revoir la petite fille.

— Alice a déjà une visite, Suzanne, déclara Terri McAllister, l'infirmière de garde.

— Ah, ma mère est venue la voir ?

La jeune femme n'avait pu s'empêcher d'adopter un ton sec pour parler de Rose. Leurs relations étaient plus que tendues, en ce moment. Si jamais il devait y avoir une dispute entre elles à propos de la garde d'Alice, elle ne voulait pas que la chose se sache. Surtout pas ici, parmi le personnel qui s'était montré si dévoué depuis la naissance du bébé.

— Non, il ne s'agit pas de votre mère, répondit Terri. D'ailleurs, cela fait une dizaine de jours qu'elle n'a pas pu venir. Elle m'a expliqué que ses multiples activités dans le bénévolat rendaient ses déplacements depuis Philadelphie assez difficiles.

L'infirmière avait adopté un ton plein de compréhension pour prononcer cette dernière phrase.

« Oui, maman a l'art de se rendre parfaitement crédible, quand elle dit des choses pareilles ! » ajouta Suzanne en son for intérieur.

Puis, à voix haute, elle demanda :

— Mais alors, qui est là ?

— Quelqu'un que je n'ai jamais vu. Il s'appelle Stephen Serkin, et m'a montré une lettre de recommandation du Dr Feldman. Je crois qu'il n'est en ville que depuis un jour ou deux.

Les paroles de l'infirmière déclenchèrent un signal d'alarme chez Suzanne.

— Dans ce cas, qui...

Mais, au lieu de terminer sa phrase, elle s'avança et jeta un coup d'œil à l'intérieur de la grande salle bien éclairée, remplie de tout le matériel nécessaire aux soins des bébés prématurés. Son regard survola rapidement la pièce avant de se fixer tout au fond, là où se trouvait le berceau en plexiglass d'Alice. Il ne s'était pas toujours trouvé si loin. Pendant plus de deux mois, la petite fille était restée dans la pièce réservée aux bébés les plus fragiles, juste à côté de la salle des infirmières. Le fait de s'en éloigner était un peu la même chose que de réussir un examen de passage, et Suzanne était bien plus fière de cette réussite-là que de sa mention au bac.

Aujourd'hui, assis à côté du berceau, sur la chaise recouverte de plastique beige, exactement là où Suzanne avait passé de si longues heures, se trouvait un homme qui regardait intensément le bébé endormi. Silencieusement, elle s'approcha d'eux, et comme il ne se retournait pas, elle prit le temps de le dévisager. *Stephen Serkin*. De qui pouvait-il bien s'agir ? Le nom ne lui disait absolument rien, et elle n'avait jamais aperçu l'homme qui le portait. Aucun doute possible à ce sujet : elle n'aurait pas oublié un homme tel que lui !

A cause de la température élevée qui régnait dans la pièce pour le confort des prématurés, il s'était débarrassé de sa veste en cuir brun et l'avait négligemment posée sur le dossier de la chaise. A voir comme elle était patinée, elle devait faire partie de sa vie depuis longtemps, et envelopper comme une seconde peau ses épaules larges et musclées moulées par son T-shirt blanc.

Il gardait les yeux fixés sur Alice, des yeux d'un bleu étonnant, aussi clairs que la couleur de l'ombre sur la neige. Son front était barré d'un pli soucieux. Il n'y avait rien d'étonnant à cela, car le spectacle qu'offrait Alice était assez impressionnant pour qui la voyait pour la première fois : elle était encore bien petite et portait un masque à oxygène. L'étranger semblait être en train de la mesurer mentalement. Il se pencha même encore un peu au-dessus du berceau, comme si c'était nécessaire pour parfaire son examen. Ce mouvement eut pour effet de placer ses cheveux en pleine lumière. Ils étaient épais, d'un brun chaud, ondulés, comme un casque sombre où luisaient quelques mèches plus claires, légèrement dorées.

Suzanne se remit à avancer vers lui et aperçut la fine cicatrice qui courait le long de sa joue. Rien de très voyant : une simple trace nacrée, qui lui donnait un air mystérieux. Le regard de la jeune femme suivit cette ligne jusqu'à la bouche, pleine et bien dessinée.

Qui était donc cet homme ?

Elle laissa échapper un petit soupir d'appréhension, qui attira enfin l'attention du visiteur. Il leva les yeux et, lorsque leurs regards se rencontrèrent, elle perçut l'éclair de curiosité qui traversait les prunelles couleur de glacier. Ni l'un ni l'autre ne sourit. Et, pendant un moment, ni l'un ni l'autre ne prononça le moindre mot.

— Vous êtes sans doute Suzanne, la demi-sœur de Joséphine ? demanda-t-il enfin.

— Oui, je suis bien la demi-sœur de Jodie…

Suzanne avait utilisé à dessein le diminutif de sa sœur disparue, pour bien faire comprendre à cet étranger qu'il n'aurait pu y avoir de lien plus étroit que celui qui les unissait. *Personne* n'appelait Jodie Rimsky « Joséphine ». Même dans le Bottin, elle était mentionnée sous le nom du Dr « Jodie Rimsky ».

— … mais je ne sais pas du tout qui vous êtes, reprit-elle.

L'homme s'était exprimé dans un anglais parfait, mais il avait un léger accent, surtout perceptible quand il avait prononcé le prénom de Jodie. Terri avait dit qu'il n'était en ville que depuis peu. Serait-il français, par hasard ?

— Je suis le cousin de *Jodie*. Son cousin germain.

Il avait mis l'accent sur le diminutif, comme pour admettre que Suzanne avait marqué un point à ce sujet. Le léger pli qui se creusa au coin de sa bouche suggérait toutefois que ce serait là la dernière victoire de la jeune femme.

— Nos pères étaient frères, poursuivit-il.

Très surprise, Suzanne se raccrocha tout de suite à un détail. Exactement comme quand on tire sur un bout de fil avec l'espoir que cela permettra de détricoter tout le chandail. Car, instinctivement, elle voulait connaître l'histoire de cet homme. Et sans attendre ! Le Dr Feldman avait mentionné le fait que Jodie avait de la famille en Europe, mais il n'avait pas paru y attacher la moindre importance. Pourquoi donc cet homme se trouvait-il là, à côté du berceau d'Alice ?

— Si vos pères étaient frères, vous devriez vous appeler Rimsky vous aussi. Pourtant, Terri m'a dit que votre nom était Serkin.

— Pour être tout à fait exact, mon nom est Serkin-Rimsky, expliqua-t-il, toujours sans sourire. Nos pères ont choisi de le simplifier de façon différente. Sur mon passeport, c'est Serkin qui est mentionné mais, à partir de maintenant, je me ferai appeler Serkin-Rimsky.

Cette décision ressemblait à une menace.

— Qu'est-ce que vous voulez, au juste ? demanda Suzanne d'une voix que l'inquiétude rendait cassante.

Pourquoi se mettait-elle dans un état pareil ? Elle n'avait aucune raison de s'inquiéter ! Il était très probable qu'il ne voulait rien du tout. Cependant, l'habitude qu'elle avait prise de voir les gens *vouloir* ou *ne pas vouloir* Alice l'empêchait de penser autrement.

Rose et son nouveau mari, Perry, *voulaient* Alice. En fait, ils s'intéressaient à la fortune qui était en dépôt au nom de la petite fille dans le testament de Jodie, car ils *ne voulaient pas* des problèmes qui parfois accompagnent une naissance prématurée. Ils s'étaient intéressés à l'enfant une fois que sa santé s'était améliorée et que le notaire les eut informés des dernières volontés de Jodie.

Le Dr Feldman, tuteur temporaire d'Alice, *voulait* la confier à des proches susceptibles de lui offrir une vie normale au sein d'un couple stable. Pour cette raison, il *ne voulait pas* que Suzanne en obtînt la garde. « Bien que j'aie beaucoup de sympathie pour vous », avait-il ajouté.

Hélas, Suzanne n'était pas mariée, elle n'était que la demi-sœur de la mère du bébé, et vivait à New York dans un loft non rénové, avec un bail à court terme de quatre mois, où elle n'avait pas encore trouvé le temps de s'installer. Ses visites à l'hôpital et son travail de bibliothécaire à temps partiel ne lui en avaient pas encore laissé le loisir.

Enfin, pour couronner le tout, les hommes que sa petite annonce lui permettait de rencontrer *ne voulaient pas* se retrouver avec un prématuré sur les bras dès le début de leur relation. Quant à accepter un mariage de convenance dans le seul but de fournir à Suzanne le mari-express dont elle avait besoin, il n'en était pas question, et elle ne pouvait pas les blâmer pour cela ! Quelle idée stupide elle avait eue ! Il est vrai qu'elle se trouvait dans une situation si désespérée qu'elle ne savait plus à quel saint se vouer...

Il lui semblait qu'elle était la seule personne au monde à penser à Alice avec le verbe « aimer » plutôt qu'avec le verbe « vouloir ». Elle l'avait aimée dès le premier jour, cette toute petite fille, elle l'avait accueillie dans son cœur et dans sa vie au moment même où elle avait posé les yeux sur elle, au début du mois de juillet. On ne savait même pas, alors, si elle allait survivre, et Suzanne était à mille lieues de se douter que le bébé avait hérité d'une vraie fortune ou que le Dr Feldman se montrerait aussi intraitable sur le chapitre du mariage.

— Ce que je veux ? répéta Stephen Serkin, tout étonné de pareille question.

— Oui, ce que vous voulez, répéta-t-elle en le fusillant du regard. Vous n'allez tout de même pas me faire croire que vous avez fait ce voyage depuis...

Elle s'arrêta, lui laissant le soin de remplir le blanc.

— Depuis l'Europe. Depuis l'Aragovie, plus précisément.

— ... depuis l'Aragovie pour venir lui offrir un ours en peluche !

— Pas un ours en peluche, en effet.

Pour la première fois, il se mit à sourire. Il avait les dents très blanches, pas très bien rangées, ce qui rendait son sourire plus doux, moins intimidant, Suzanne était bien obligée de le reconnaître. Une étincelle d'humour animait ses yeux si clairs, comme pour inviter les autres à partager son plaisir. Suzanne le regarda se pencher et sortir quelque chose d'un sac à provisions.

— Je lui ai apporté une poupée.

— Ah…

— Elle vous convient ? demanda-t-il en la tendant à Suzanne pour qu'elle l'inspecte, comme si son avis revêtait la plus haute importance.

Ne sachant trop que faire, elle prit le jouet et, un instant, leurs mains se touchèrent. Tout cela était parfaitement stupide ! Personne ne lui ferait croire que cet homme était venu jusqu'aux Etats-Unis pour apporter une poupée à Alice. Pourtant, quelque part, ce geste la touchait. Il ne s'agissait pas d'une poupée ordinaire, produite en série, vissée dans sa boîte derrière un bout de cellophane, telle qu'il aurait pu en trouver dans le premier aéroport venu. Elle était en tissu et en laine, avec un joli visage peint à la main et arborait un costume folklorique. Sans doute celui d'Aragovie ?

L'Aragovie… Comme il était dommage qu'elle n'en sût pas plus sur sa sœur aînée ! Elles avaient dix ans de différence et, jusqu'au printemps dernier, Suzanne n'était même pas au courant de son existence. Elles ne s'étaient rencontrées que deux fois. La deuxième fois, Jodie venait d'apprendre qu'elle allait avoir une petite fille et lui avait confié :

— Je veux l'appeler Alice. C'est un mélange du prénom de mes deux parents, Alex et Lisette, mais c'est aussi le nom de la poupée que je préférais quand j'étais petite. Elle a dormi dans mon lit pendant des années, jusqu'à ce que je l'oublie un jour dans un motel à la fin des vacances. J'en ai pleuré toutes les larmes de mon corps ! C'est fou ce que ce genre de souvenir peut revenir avec force, quand on attend un enfant.

Suzanne aurait bien aimé entendre d'autres histoires de ce genre à propos de l'enfance de sa sœur, mais le temps leur avait fait défaut.

— Elle a le droit d'avoir des jouets ? demanda Stephen Serkin.

— Oui, à condition qu'ils soient neufs et propres. Son système immunitaire est suffisamment développé, maintenant.

La poupée toujours à la main, Suzanne se retourna vers le berceau. Les jupons en coton délicatement brodés à la main lui chatouillaient doucement le poignet. Elle plaça le jouet dans le coin où Alice pourrait l'apercevoir.

— Je crois qu'elle se réveille, murmura-t-elle en voyant le bébé remuer.

— Non, je crois qu'elle rêve, corrigea le visiteur avec son accent musical.

Tous deux se penchèrent.

— Elle sourit, maintenant ! s'exclama-t-il.

— Elle sourit ? demanda Suzanne, incrédule. Cela ne lui est encore jamais arrivé !

— Regardez-la, elle sourit dans son sommeil. N'est-ce pas adorable ?

— J'ai du mal à le croire…

— Et pourtant, c'est tout à fait possible, intervint Terri McAllistair, qui s'était approchée pour examiner un autre bébé dans un berceau voisin. On s'imagine que les prématurés sont trop petits pour sourire, puisqu'ils devraient encore être bien au chaud dans le ventre de leur maman, et pourtant, ils sourient presque au même âge que ceux qui naissent à terme.

Cramponnée au berceau en plexiglass, Suzanne guettait de tous ses yeux. Le sourire revint. Il n'y avait pas d'erreur possible.

— Alice ! C'est vrai que tu souris ! Mais à quoi peux-tu donc rêver qui te rende si heureuse ? demanda-t-elle à voix haute.

— A vous, répondit Stephen.

Il se tenait debout à côté de Suzanne. Son avant-bras frôlait le poignet de la jeune femme.

— A moi ? répéta-t-elle en écho.

Elle s'efforçait de ne pas prêter attention à ce contact involontaire, mais, du coin de l'œil, elle ne pouvait s'empêcher de regarder le bras aux muscles saillants et bien dessinés.

— A vous, bien sûr ! répéta-t-il en souriant pour la seconde fois.

Cette fois, Suzanne remarqua que son sourire qui plissait le contour de ses yeux illuminait tout son visage. Exactement comme cela s'était passé tout à l'heure pour Alice. Ce sourire avait quelque chose de contagieux, il la poussait insensiblement à oublier la méfiance qu'elle avait d'abord éprouvée à son égard. Après tout, peut-être y avait-il enfin quelqu'un au monde qui se souciait de ce bébé autrement qu'en *voulant* ou en *ne voulant pas* ?

— Elle rêve de votre voix, continua-t-il. De votre parfum. Des chansons que vous lui avez chantées.

— Comment savez-vous que je lui chante des chansons ?

— J'ai souvent eu l'occasion d'entendre des mères chanter pour leurs enfants hospitalisés. Je suis moi-même médecin en Aragovie.

Suzanne se sentit soudain très émue.

— Jodie était pédiatre.

— Je sais. J'ai fait mes études de médecine aux Etats-Unis, au moment où elle terminait sa spécialité. Nous nous voyions souvent, à cette époque, et nous nous entendions très bien.

— Je crois que tout le monde l'aimait bien…, murmura Suzanne.

En fait, tout en parlant, elle se demandait pourquoi le ton de son interlocuteur avait changé quand il avait prononcé la dernière phrase. Mais elle se posait tant et tant de questions à propos de cet homme que celle-ci lui parut sans réelle importance.

— Il me semble que parler de votre sœur vous rend triste. Il vaut mieux que nous arrêtions momentanément cette conversation …

— Que voulez-vous dire ?

— A un moment ou à un autre, il nous faudra bien la reprendre mais, pour l'instant, contentons-nous de regarder Alice sourire.

De nouveau, il se tourna vers le bébé, et se mit à lui chanter une berceuse dans une langue que Suzanne ne reconnut pas. Il chantait à voix très basse, à peine audible, un air très beau et très émouvant. Elle sentit son cœur se serrer. Stephen Serkin savait-il à quel point il possédait une belle voix ?

Evidemment ! Comment un homme arriverait-il à la trentaine sans savoir exactement quels atouts particuliers il a à sa disposition pour séduire les femmes ? Soudain, Suzanne eut le sentiment qu'il y avait quelque chose de calculé dans sa prestation, quelque chose qui sonnait faux.

Cela l'aida à réagir contre l'émotion qui l'avait momentanément aveuglée. Elle s'écarta de lui et lui demanda sur un ton froid :

— Vous ne m'avez toujours pas dit pourquoi vous êtes venu ici.

— Ce n'est pas un mystère. J'avais à régler une question d'ordre professionnel à New York, et j'ai voulu voir l'enfant de ma cousine.

— Dans ce cas, vous étiez déjà informé de la mort de Jodie ?

— Oui.

— C'est le Dr Feldman qui vous a contacté ? Je sais qu'il a relevé tous les noms qui figuraient dans le carnet d'adresses de Jodie.

— C'est sans doute ainsi que cela s'est fait. Je ne le lui ai pas demandé. Je l'ai vu hier et il m'a autorisé à faire cette visite aujourd'hui.

18

— Combien de temps pensez-vous rester à New York ?

— Cela dépend. Aussi longtemps que cela sera nécessaire. Peut-être quelques semaines. Peut-être plus longtemps. Vous paraissez très soupçonneuse à mon sujet. Pourquoi cela ?

Suzanne se retint de soupirer et s'efforça de faire le tri entre ce qu'elle pouvait lui dire et ce qu'il valait mieux garder pour elle. Elle n'osait pas le regarder.

— L'avenir d'Alice est tellement… incertain, en ce moment ! répondit-elle, les yeux fixés sur le bébé qui portait une couche, une brassière imprimée de chevaux à bascule et des petits chaussons roses. Tout le monde sait que je souhaite en obtenir la garde afin de l'élever comme ma propre fille.

— Oui, c'est ce que j'ai cru comprendre.

— Je suis venue la voir chaque jour depuis qu'elle est née, je l'aime de tout mon cœur, mais ce n'est pas pour autant qu'elle me sera confiée de façon permanente.

— Je sais, déclara-t-il d'une voix radoucie. Il paraît que votre mère aussi souhaite obtenir cette garde.

— Vous êtes au courant ?

— J'ai parlé avec Michael Feldman. Je souhaitais être informé au mieux de la situation, mais nous ne pouvons pas parler de tout cela ici. C'est trop important, et nous avons trop de choses à mettre au point.

— A mettre au point… Quoi donc par exemple ? demanda Suzanne, réellement inquiète, à présent.

Un instant, un vertige s'empara d'elle. Elle vacilla, et tout devint obscur devant ses yeux. Puis, de nouveau, elle recommença à y voir clair.

— Vous vous sentez bien ? demanda le visiteur en écartant de ses doigts la mèche de cheveux qui s'était posée sur sa bouche.

— Très bien, répondit-elle en reculant vivement la tête pour ne plus sentir cette main près de son visage. J'ai simplement eu un instant de passage à vide.

— Vous dormez bien, en ce moment ?

— Non, pas vraiment, admit-elle. Je viens ici tous les jours, et il faut aussi que je travaille. Et puis… j'ai bu six tasses de café aujourd'hui, ce que je ne fais pas d'habitude.

Voilà à quoi cela l'amenait la rencontre de tous ces hommes qui n'avaient aucune envie de caser un chausson rose dans leur existence !

— Vous êtes très tendue. Vous ne m'avez sans doute pas tout dit.

— Vous croyez ?

— Moi non plus, je ne vous ai pas tout dit. Mais avant que nous continuions à parler, il me semble que vous feriez mieux de manger quelque chose plutôt que de boire autant de café…

— Que proposez-vous ?

— Il y a une cafétéria à côté de l'entrée.

— Je vous prie de croire que je la connais bien, rétorqua Suzanne avec un petit rire.

Au cours des deux mois précédents, elle avait bien dû y prendre une centaine de repas ! Mais elle ne suggéra pas d'aller ailleurs. Inutile de faire de cette discussion un événement capital.

C'est ainsi que, cinq minutes plus tard, elle se retrouvait assise à sa table préférée, près de la fenêtre. Celle précisément où elle avait rencontré les Robert, Lee, Colin et Dan… Tout en attendant qu'on lui apporte son sandwich, prise d'une intense envie d'éternuer, elle se mit à fouiller dans son sac à la recherche d'un mouchoir. La dame qui se trouvait juste derrière elle avait du poil de chat sur sa veste et elle y était violemment allergique, ce qui…

— Atchoum !

Au moment où elle portait le mouchoir à son nez, elle aperçut le petit chausson familier qui venait de tomber sur la table. Rien de surprenant à cela, puisqu'il était délibérément placé sur le dessus du contenu de son sac. Tout en éternuant pour la troisième fois, elle ne put s'empêcher de penser : *J'en ai assez de ce chausson ! Il ne m'a servi strictement à rien !*

Stephen prit le chausson entre ses doigts et se mit à jouer avec, exactement comme il l'aurait fait avec un crayon ramassé sur un bureau.

Ce n'est pas ici que je veux être, pensa-t-il. Et ce n'est pas du tout de cette façon que je gérerais la situation si j'avais un peu plus de temps devant moi, ou si cette femme n'était pas concernée. Jouer double jeu me déplaît beaucoup, mais je n'ai pas le choix. Mon pays passe avant tout. C'est ce que m'ont appris mon père et mon arrière-grand-mère.

Il était fatigué, et il le sentait. Les changements survenus dans son existence au cours des derniers mois l'avaient bouleversé, et bien d'autres émotions l'attendaient encore dans un futur proche. Le peuple d'Aragovie avait voté une nouvelle constitution qui plaçait l'héritier de la vieille famille des Serkin-Rimsky à la tête de l'Etat. Tous les espoirs étaient permis désormais pour lui-même et pour son pays, chose impensable seize ans plus tôt, quand il avait atteint la majorité légale de dix-huit ans.

Mais rien n'était encore définitivement réglé. Ni en ce qui concernait son pays, ni, comme il venait de le découvrir, dans la vie de la petite Alice. Ses conseillers politiques le pressaient d'assurer sa succession par n'importe quel moyen et de se marier le plus tôt possible. Avec une jeune femme qui saurait plaire au peuple aragovien. Cela seul comptait. Peu importait l'identité de celle qu'il choisirait, et encore moins les sentiments qu'il éprouverait à son égard.

— Tant que vous demeurerez un prince célibataire, Stephen, vous risquez d'être la proie des femmes que vous avez connues autrefois. N'oubliez pas que ce que vous avez à offrir maintenant est susceptible de les tenter !

— Les femmes de mon passé ? Allons, il y en a peut-être une ou deux…

— Et en ce moment ?

— Il n'y a personne dans ma vie.

Sa dernière relation sérieuse avait été Elin, une Américaine, qui faisait les mêmes études que lui. La jeune femme aurait parfaitement rempli le rôle qui attendait sa future épouse mais, comme Jodie, elle s'était opposée à son retour en Aragovie, et ils s'étaient séparés, très déçus l'un de l'autre. Plus tard, il avait appris qu'elle s'était mariée.

Depuis lors, son travail de médecin et la situation extrêmement instable de son pays l'avaient empêché de penser à quelque femme que ce fût, susceptible ou non de convenir à son nouveau destin.

La situation de la petite Alice était depuis peu un nouveau sujet de préoccupations. La veille, il en avait longuement parlé avec le Dr Feldman.

— Jodie m'avait parlé de vous, lui avait confié ce dernier, avec une réserve qui n'avait pas échappé à Stephen. Elle ne voulait rien avoir à faire avec vous, ni avec un pays aussi peu influent que l'Aragovie. Son père était persuadé qu'il n'y avait là-bas aucun avenir pour votre famille.

— Je sais. C'est pour cette raison qu'il a émigré, dans les années 50. Mais mon père avait une opinion tout à fait opposée.

— Comment vont les choses dans votre pays, maintenant ? Certains disent qu'il est contrôlé par la mafia russe…

— Nous en avons effectivement souffert pendant quelque temps, mais tout a beaucoup changé, et l'avenir du pays me paraît désormais se présenter sous les meilleurs auspices.

— Pourquoi ne pas vous soucier de votre propre avenir, et quitter tout simplement l'Aragovie ?

Stephen n'avait su que répondre à cette question. Au cours des dernières années, grâce à son travail de médecin, il avait gagné le respect de ses concitoyens. Il avait failli perdre la vie en défendant son pays, et il espérait de tout son cœur que son dévouement serait bientôt récompensé. Non, il n'était pas question pour lui de « quitter tout simplement l'Aragovie » !

Et pourtant, le Dr Feldman avait raison en ce qui concernait l'attitude de Jodie. La divergence de leurs points de vue avait gâté leur belle amitié. Devait-il avouer cela à Suzanne ?

Non, pas encore. *Certainement pas.*

Sa conversation avec Michael Feldman était ensuite devenue plus instructive, car il avait appris que Suzanne demandait qu'on lui confiât Alice. Il avait aussi entendu parler de Rose, la mère de Suzanne, qui, en tant que grand-mère de l'enfant, avait la priorité dans sa demande.

A la suite de cet entretien, il avait commencé à imaginer une stratégie qui ne déplairait pas à ses conseillers de tous bords.

En fait, ce n'était pas la première fois qu'il entendait parler de Rose Chaloner Brown Wigan, née Norton. Le frère de son père, Alex Rimsky, lui avait fait des confidences quelques années auparavant, comme cela arrive parfois entre hommes.

— Jodie est ma fille biologique, Stepan.

Malgré les trente années qu'il avait passées aux Etats-Unis, il avait toujours un accent très prononcé et continuait à utiliser la forme russe du prénom de Stephen.

— Elle est le fruit, continua Alex, d'une brève liaison que j'ai eue avant de connaître Lisette. Jodie ne le sait pas. Nous lui avons toujours dit qu'elle avait été adoptée, ce qui est vrai aussi.

— Tout cela est bien compliqué !

— Pas vraiment. L'adoption s'est effectuée de façon tout à fait officielle, au moment où sa mère naturelle l'a abandonnée. Lisette savait qu'elle ne pourrait jamais avoir d'enfant et Rose, sa mère naturelle, ne souhaitait pas en être encombrée.

— Voilà qui me paraît très égoïste…

Alex haussa les épaules.

— Elle était jeune et belle ! Elle faisait les rêves les plus fous, mais je ne suis pas certain qu'elle ait pu les réaliser. C'était de telles chimères ! Qui, à l'époque, aurait pu se douter que je réussirais aussi bien ? Rose n'a vu en moi qu'un pauvre immigrant sans avenir, qui avait brièvement fait vibrer sa sensualité. Je n'ai pas la moindre idée de ce qu'elle est devenue ensuite.

Alex Rimsky était mort l'année précédente, quelques mois à peine après le décès de Lisette, sans savoir ce qu'il était advenu de Rose.

Selon Michael Feldman, ce double deuil avait profondément affecté Jodie. Avant de disparaître, Alex avait appris à sa fille la vérité concernant ses origines, ce qui avait poussé la jeune femme à entreprendre la recherche de sa mère biologique. En même temps, bien que célibataire, elle s'était mise à désirer un enfant si intensément qu'elle avait eu recours à l'insémination artificielle.

En femme déterminée qu'elle était, Jodie avait réussi sur les deux tableaux : elle était devenue enceinte et avait retrouvé Rose. C'est ainsi qu'elle avait appris qu'elle avait deux demi-sœurs plus jeunes qu'elle, issues du premier des trois mariages de Rose. La plus âgée des deux était précisément la jeune femme qui se trouvait assise en face de Stephen, en train de remercier poliment la serveuse qui leur apportait leur consommation.

Déjà, elle lui plaisait. Elle n'était pas belle à proprement parler mais, avec sa peau claire parsemée de légères taches de rousseur et ses yeux verts lumineux, elle avait une présence, une sorte de rayonnement tranquille qui attirait Stephen bien davantage que n'aurait pu le faire la beauté parfaite et superficielle d'un mannequin. Ses cheveux châtains encadraient souplement son visage, et son pantalon gris pâle ainsi que son pull crème révélaient des formes plus généreuses qu'il ne l'aurait cru au premier coup d'œil.

Le regard de Stephen était irrémédiablement attiré par la bouche pulpeuse de la jeune femme, dont le menton volontaire indiquait pourtant qu'il ne fallait pas la sous-estimer, en dépit de son air juvénile. Elle ne devait pas se laisser facilement manipuler, et il lui faudrait faire attention à la façon dont il s'y prendrait avec elle.

Incontestablement, elle aimait Alice. La lumière qui brillait dans ses yeux quand elle parlait du bébé en était une preuve irréfutable, et cela confirmait Stephen dans l'idée que son plan était le bon.

Le Dr Feldman avait été clair sur ce point.

— Suzanne rêve d'adopter le bébé de Jodie, et il est évident qu'elle est déjà très attachée à cet enfant. Mais je crois qu'elle n'a guère le sens des réalités. Elle n'est pas la parente la plus proche, et se trouve dans une situation matérielle plutôt précaire. En outre, elle n'est pas mariée et n'a pas de compagnon. Or, il se trouve que je crois profondément à la nécessité pour un enfant d'être élevé par un couple solide.

— Oui, je comprends votre point de vue…

Voilà ce qu'il avait appris la veille, avant de rencontrer Suzanne.

Pour l'instant, Stephen n'était pas disposé à révéler ses projets à qui que ce fût, car personne ne partageait son optimisme à propos de l'avenir de son pays. Il était prêt à reprendre son titre et son trône si son peuple le lui demandait. Un problème subsistait cependant : il n'était pas l'héritier légitime…

Tout en réfléchissant, il faisait passer le minuscule chausson d'un doigt sur l'autre, et une fois que celui-ci fut installé sur son pouce, il l'y laissa, estimant qu'il paraissait avoir été fait tout exprès pour se retrouver là. Puis il leva les yeux. A quoi bon hésiter davantage ? Suzanne le regardait, visiblement impatiente de savoir ce qu'il voulait lui dire.

Il se pencha légèrement vers elle par-dessus la table.

— Suzanne, j'ai une proposition à vous faire. Je crois que, comme moi, vous êtes extrêmement préoccupée par la situation d'Alice. Est-ce que je me trompe si je pense que vous seriez prête à tout pour pouvoir l'élever comme votre propre fille ?

— Pas du tout. Son bonheur est la seule chose qui compte pour moi désormais.

— Parfait. Dans ce cas, il n'y a pas à hésiter : marions-nous !

2.

— Je ne comprends vraiment pas pourquoi vous voulez une chose pareille ! déclarait Suzanne quelques instants plus tard, troublée et inquiète.

La proposition de Stephen lui faisait réellement peur. De toute évidence, cette idée n'était pas venue à l'esprit de son interlocuteur dans le feu de la conversation. C'était quelque chose de programmé. Depuis quand ? Elle n'en savait rien. Sans doute depuis sa rencontre avec le Dr Feldman…

Elle qui, depuis deux mois, s'était lancée de manière effrénée dans la chasse au mari se trouvait prise au dépourvu. C'était un comble… Dieu sait pourtant si elle avait franchi des étapes avant de se retrouver bouche bée devant cet étranger ! Bien résolue à procéder méthodiquement, elle avait commencé par appeler deux de ses anciens flirts. Hélas, leurs noms avaient vite été rayés de sa liste. Ils avaient autrefois été plutôt maladroits et un peu ternes. Les années n'avaient pas arrangé les choses…

Quelques discrets sondages effectués ensuite parmi ses fréquentations actuelles lui avaient permis de constater qu'aucun homme de ses connaissances n'avait la moindre envie de se laisser passer la bague au doigt en deux temps trois mouvements. En désespoir de cause, elle avait fait paraître cette petite annonce qui n'avait débouché sur rien d'autre qu'une overdose de caféine. Et maintenant que cet étranger, le cousin germain de Jodie, lui offrait exactement ce qu'elle cherchait, voici qu'elle reculait et émettait des réserves !

Stephen lui-même paraissait surpris de l'attitude suspicieuse qu'elle manifestait à son égard.

— Pourquoi les raisons qui me poussent à vous faire cette offre auraient-elles la moindre importance ?

— Je veux savoir ! s'exclama Suzanne en reposant son verre de soda sur la table si brusquement que sa main en fut tout éclaboussée. Il est évident que si nous nous marions, ma position vis-à-vis d'Alice sera plus forte, mais vous, qu'avez-vous à gagner à ce mariage ?

— La même chose que vous, Suzanne : la certitude qu'ainsi, Alice aura les meilleures chances d'être heureuse.

Que pouvait-elle répondre à cela ? Son interlocuteur paraissait sincère.

— Où habiterions-nous ? demanda-t-elle.

— Là où ce sera le mieux pour Alice, répondit-il sans hésiter.

— Soit, accorda Suzanne, désarmée par tant de spontanéité, mais j'ai encore bien d'autres questions à vous poser.

Alors qu'elle avait imaginé cette repartie comme une menace, Stephen éclata de rire.

— Je ne vous promets pas d'avoir réponse à tout !

— Je… euh… J'ai besoin d'un peu de temps pour penser à tout cela, finit-elle par déclarer, à court d'idées pour continuer son interrogatoire.

Le sang frappait à ses tempes. Afin de se donner une contenance, elle se mit à tamponner les éclaboussures de la nappe avec le coin de sa serviette.

Stephen la regarda faire, assez amusé.

— Est-ce que je vous ai demandé de me répondre tout de suite ?

Un coin de sa bouche se releva, comme s'il s'apprêtait à sourire de nouveau, mais Suzanne n'avait pas la moindre envie de plaisanter.

— Non, mais si ce mariage doit avoir lieu, il faut que ce soit bientôt, rétorqua-t-elle.

A ce moment-là, aussi soudain que celui que produit une allumette qui prend feu, un éclair de satisfaction brilla dans les yeux couleur de glacier. Suzanne comprit alors que ce prétendant improvisé savait exactement à quel point elle avait besoin de ce mariage et le regretta : cela ne la mettait pas en position de force.

— C'est vrai, répondit-il, mais nous pouvons nous accorder quelques jours pour réfléchir à ce qui est en jeu, et même envisager les implications d'un divorce si jamais cela se révèle nécessaire dans le futur. Il faudra aussi que chacun sache exactement jusqu'à quel point il est disposé à s'impliquer pour que ce mariage devienne réel.

Stephen ne prononça pas le mot *sexe*. Ce n'était pas nécessaire. Tous deux savaient parfaitement de quoi il était question. Suzanne réfléchit rapidement et découvrit que, en théorie, dans l'abstrait et à distance, la perspective de dormir avec lui ne la dérangeait pas du tout. Cette constatation la troubla. D'ordinaire, elle n'était pas si prompte à répondre physiquement à un homme, même si c'était seulement en imagination.

— J'ai vraiment besoin de réfléchir à tout cela, répéta-t-elle.

— Et moi ? Vous croyez que je n'en ai pas également besoin ?

De nouveau, le sourire charmeur, un peu moqueur cette fois, venait de réapparaître, comme une invitation à faire naître celui de son interlocutrice.

— Je vais vous donner mon numéro de téléphone. Vous pouvez m'appeler quand vous voudrez. Et je vais prendre le vôtre. Nous aurons certainement envie d'échanger encore quelques points de vue.

Suzanne approuva d'un signe de tête.

— Cela me paraît une bonne idée.

Puis, elle ajouta :

— Je vais rencontrer le Dr Feldman moi aussi, et je vous tiendrai au courant.

Elle n'avait pas pour autant envie de trop ouvrir son cœur au médecin, ni de lui laisser supposer qu'elle envisageait un mariage stratégique avec le cousin de Jodie. Il lui semblait préférable de le mettre devant le fait accompli en lui présentant la chose comme un arrangement pratique qui fonctionnait déjà sans problème.

— Si vous finissiez de manger ? suggéra Stephen. Je ne pense pas que cela aidera Alice, si vous tombez d'inanition.

— C'est vrai, vous avez raison, convint-elle avant de mordre dans son sandwich.

Mais ce fut par devoir et non par plaisir qu'elle se mit à mastiquer consciencieusement.

Satisfait, il la regarda faire, un petit sourire aux lèvres. Quand Suzanne arriva à la dernière bouchée, d'une pichenette, il fit glisser le chausson vers elle à travers la table.

— N'oubliez pas ceci !

— Il convient mieux à votre pouce qu'au pied d'Alice, maintenant, répondit-elle. Elle a beaucoup grossi depuis sa naissance.

— Alors je peux le garder ? Je vais l'envoyer à ma mère. Cela l'aidera à comprendre à quel point Alice était petite quand elle est née. Elle sera certainement très émue. Elle a subi une grave opération il y a une quinzaine de jours mais, si elle n'avait pas eu ce sérieux problème de santé, elle serait venue avec moi faire la connaissance du bébé. Par bonheur, la nouvelle de cette naissance a fait des merveilles pour l'aider à se remettre. Je sais qu'elle attend avec impatience toutes les informations que je pourrai lui donner sur Alice.

C'est à ce moment-là que j'ai su, devait se dire Suzanne quelques jours plus tard. *Quand j'ai entendu Stephen parler de cette*

30

façon, j'ai compris qu'il s'intéressait réellement à Alice, et j'ai su que, pour le meilleur ou pour le pire, quoi que nous décidions à propos de la question du sexe, j'étais décidée à l'épouser...

Rose Norton Chaloner Brown Wigan n'avait encore jamais fréquenté un hôtel cinq étoiles, ni à New York ni ailleurs, mais depuis son arrivée de Philadelphie avec Perry, deux jours auparavant, elle s'efforçait de se comporter comme si elle passait sa vie dans ce genre d'établissement. D'une certaine façon, c'était plutôt attendrissant, et ce n'était pas la première fois qu'aux moments les plus incongrus, Suzanne décelait une étrange forme de naïveté chez sa mère.

Tout excitée, Rose s'appliquait à parler comme une star.

— Maintenant que nous avons pu nous libérer de nos engagements pour un séjour un peu plus long, nous mourons d'envie d'aller voir l'adorable bébé !

Suzanne savait que les engagements en question leur avaient accordé deux heures la veille au matin, juste avant un déjeuner dans un restaurant chic de la ville. Ensuite, Rose lui avait téléphoné, l'informant que Perry et elle avaient l'intention de rester pour la durée du week-end, et l'avait suppliée par la même occasion de venir visiter leur suite.

— Tu verras, ma chérie, c'est absolument mer-veil-leux !

Comme promis, Suzanne passa rendre visite à Rose, qui l'accueillit en lui proposant toutes les bonnes choses que contenait le mini-bar. Cocktail, champagne, chocolats...

— Non, merci, je n'ai besoin de rien, répondit la jeune femme, assez tendue.

Elle savait parfaitement que dès qu'elle allait en venir à l'objet de sa visite, l'humeur de sa mère changerait du tout au tout.

— Tu es sûre que tu ne veux rien ? demanda Rose une nouvelle fois. Si tu désires autre chose, je peux commander ce que tu veux.

— Non, c'est inutile, je n'ai ni faim ni soif. Au fait, tu sais que toutes ces fantaisies coûtent très cher, maman ?

Elle redoutait que sa mère ne se laissât emporter par son goût du luxe. Peut-être, d'ailleurs, Rose croyait-elle que tout cela était gratuit ? Elle et Perry allaient se retrouver avec une note impressionnante, sans parler de ce que leur coûterait cette suite luxueuse…

Mais Rose paraissait ne se soucier de rien.

— Ce n'est pas un problème, Suzie, ne te fais pas de souci. Nous réglerons tout cela quand les formalités concernant l'héritage d'Alice seront terminées.

Rose essayait en vain de cacher l'exultation qui rayonnait sur son visage. Pourtant, en notant le pli soucieux qui venait de se dessiner sur le front de Suzanne, elle tenta de se justifier.

— Tu comprends, en tant que parents adoptifs d'Alice, nous ne pouvons pas vivre comme des clochards !

— Bien sûr, maman. De toute façon, j'ai du mal à t'imaginer en clocharde…

— Alice est une riche héritière, et nous devons commencer à nous adapter à son monde, de manière à ce qu'elle puisse fréquenter des gens de même niveau social qu'elle. Perry et moi avons discuté très sérieusement de cette question et nous sommes tombés d'accord tous les deux.

— Je suis très heureuse que vous vous entendiez aussi bien pour les choses essentielles, répondit Suzanne.

Seule une personne fine et sensible aurait pu déceler l'ironie de cette phrase prononcée sur un ton parfaitement aimable. Rose n'était pas ce genre de personne… En revanche, elle jeta un regard en direction de son mari, allongé sur le canapé, endormi à la façon des alligators des marais de Floride, c'est-à-dire trompeusement.

Suzanne aurait aimé que cette sieste fût réelle ; cela lui aurait évité les commentaires de Perry au moment où elle allait annoncer quelque chose qui, sans aucun doute, provoquerait un changement d'humeur chez sa mère.

Elle prit une grande inspiration avant de parler.

— Maman, j'ai quelque chose à te dire qui, je l'espère, te fera plaisir.

— Ah bon… Quoi donc ?

Rose avait décelé une intonation inhabituelle dans la voix de Suzanne. Inquiète, elle commença à plisser les yeux autant que le lui permettait le lifting qu'elle avait subi quelques mois plus tôt, et qui lui tirait la peau au point de lui donner un air perpétuellement étonné. Mais l'intention y était, Suzanne n'en douta pas.

Celle-ci décida de se jeter à l'eau.

— Je me marie vendredi prochain et je vous invite tous les deux à la cérémonie.

Comme elle l'avait fait un instant plus tôt, Rose jeta un regard en direction de Perry, mais ce dernier ne broncha pas.

— Tu te maries vendredi ? Mais… c'est après-demain !

Rose s'était mise à arpenter la pièce, exactement comme le font les actrices dans les feuilletons télévisés. Ses lèvres serrées dénotaient une concentration intense. A un moment donné, elle pivota brusquement sur ses hauts talons, et Suzanne comprit que le moment de l'orage était arrivé.

— Je sais pourquoi tu fais cela ! déclara soudain Rose sur un ton accusateur.

— Tu ne m'as même pas demandé qui est mon fiancé, continua Suzanne, comme si de rien n'était.

Courber le dos et faire comme si elle était devenue sourde : telle était, aux yeux de Suzanne, la seule technique efficace quand il s'agissait de discuter avec sa mère.

Hélas, Rose paraissait appliquer la même stratégie et continuait, sans s'inquiéter de répondre.

— C'est à cause de cette petite ! Et surtout à cause des théories de Feldman concernant l'éducation… Pourtant, je croyais que tu avais renoncé à provoquer une stupide rupture entre nous !

— Je ne souhaite aucune rupture, ni aucune dispute entre nous, maman.

— Tu sais bien que je ne t'empêcherai jamais de venir voir la petite.

— Il s'appelle Stephen Serkin.

— Viens, nous allons discuter calmement.

Rose s'assit à côté de Suzanne et posa une main cajoleuse sur le genou de cette dernière.

— Ecoute, Suzie, tu sais combien je t'aime, commença-t-elle avec des trémolos dans la voix et des larmes dans les yeux. Tu es ma fille. Je ne veux pas me disputer avec toi, et je suis désolée que tu veuilles me faire la guerre. Alice me revient de droit parce que je suis sa plus proche parente. Il faut que tu l'acceptes.

— Il a trente-quatre ans et il est médecin, déclara Suzanne. C'est aussi le cousin germain de Jodie.

A ces mots, l'orage laissa la place à la tempête.

— Comment ? siffla Rose entre ses dents. Mais c'est une véritable conspiration ! Si tu imagines qu'une demi-tante et un lointain cousin valent une grand-mère, tu te trompes, ma fille…

— Voyons, maman, il ne s'agit pas de faire des additions !

— Oui, tu te trompes complètement ! Comment as-tu réussi à lui mettre le grappin dessus ?

— Il est venu de son propre chef d'Europe faire la connaissance d'Alice.

— Tu veux dire qu'il est venu d'Europe pour voir un bébé ? Cette horrible petite chose ? Allons, allons, tu ne me feras jamais croire une chose pareille !

— Alice m'a souri trois fois de suite.

— Tu rêves, ma fille !

Suzanne, au prix d'un effort considérable, réussit à ne pas se départir de son calme, du moins en apparence.

— Lui et Jodie étaient très amis pendant leurs études à New York, poursuivit-elle. Je suis sûre que Jodie serait très heureuse de notre décision.

Elle se sentait réellement convaincue de ce qu'elle disait, et tout ce qui s'était passé au cours des derniers jours la renforçait dans cette idée.

Stephen et elle avaient parlé plusieurs fois au téléphone depuis leur première rencontre, neuf jours plus tôt, et ils avaient également eu de longues conversations, à côté du berceau d'Alice, au sujet des démarches à effectuer pour obtenir leur autorisation de mariage. Tout était allé très vite, et malgré l'imminence de la cérémonie et les deux anneaux d'or qu'ils avaient choisis ensemble dans une bijouterie de quartier, ce mariage paraissait à Suzanne tout à fait irréel. Ils avaient commencé à se connaître, sans pour autant aborder les questions concernant leur intimité ni un éventuel divorce.

— Nous verrons bien au fur et à mesure des circonstances, avait simplement déclaré Stephen, avec ce petit sourire en coin qu'elle commençait à bien connaître.

Plus le temps passait, plus elle l'appréciait et lui faisait confiance. Quand elle l'avait vu poster le petit chausson pour sa mère en Aragovie, elle avait été persuadée qu'il ne jouait pas la comédie.

— Ma mère m'a appelé hier soir, lui avait-il dit. Elle a été très soulagée de savoir que le chausson était bien trop petit pour Alice, et elle a commencé à en tricoter de plus grands. Des bonnets et des brassières, également. Tout en rose, elle adore cette couleur ! J'imagine que d'ici peu, vous allez recevoir des colis avec des timbres d'Aragovie.

Suzanne avait ri, de plus en plus persuadée qu'elle s'était complètement trompée sur le compte de Stephen lors de leur première rencontre. D'ailleurs le Dr Feldman lui avait confirmé l'honnêteté de ce dernier.

— Un ami diplomate a discrètement enquêté pour moi, lui avait-il dit. Après tout, n'importe qui pourrait se prétendre cousin de Jodie… Stephen ne ment pas sur son identité. Toutefois, je ne sais pas trop comment les choses vont évoluer dans son pays…

— Que voulez-vous dire ?

— Jodie m'avait parlé de son cousin à plusieurs reprises. D'après ce que je sais, ce ne serait pas étonnant qu'il décide finalement de s'installer ici.

— Vous croyez ?

Suzanne eut quelque difficulté à cacher l'enthousiasme qu'elle éprouvait à cette nouvelle. Sans trop savoir ce que le Dr Feldman entendait à propos de la situation en Aragovie, elle estimait positif que Stephen envisageât de se fixer aux Etats-Unis.

— Il a toutes sortes de bonnes raisons pour le faire, poursuivit le médecin. Il a fait ses études ici et peut pratiquer la médecine sans problème. En outre, il a l'exemple du père de Jodie, qui a fait fortune alors qu'il était arrivé comme un pauvre immigrant sans le sou.

Pour l'instant, cependant, rien n'était encore décidé.

Ce matin même, Stephen avait demandé à Suzanne si elle pouvait le rencontrer vendredi, jour de leur mariage, dans l'après-midi. Il avait quelque chose pour elle. Qu'est-ce que cela pouvait bien être ? Elle n'en avait pas la moindre idée, et n'avait pas osé poser de question ; il avait laissé planer le mystère, avec cette réponse trop vague :

— C'est quelque chose pour vous. Pour le mariage.

Finalement, ils avaient tout simplement décidé d'arriver à l'église une heure avant la cérémonie. Fuyant Manhattan et les grandes églises de la Cinquième Avenue, ils avaient choisi une toute petite église dans le quartier de Chelsea. John Davenport, un vieil ami du beau-père de Suzanne, maintenant décédé, procéderait à leur union. Comme il leur avait demandé d'être là à 15 heures, Suzanne y rencontrerait Stephen à 14 heures, et ce n'était pas sans impatience qu'elle attendait ce rendez-vous.

Soudain, la voix acariâtre de Rose la ramena au moment présent.

— Comment peux-tu savoir que Jodie aurait été heureuse de ce mariage ? Tu ne sais rien d'elle, ou presque ! Je suis sa mère, l'aurais-tu oublié ?

— Tu l'as abandonnée à la naissance.

— J'étais jeune, seule, et sans le sou ! Cela se passait il y a trente-sept ans. A l'époque, les jeunes filles ne gardaient pas leurs enfants illégitimes.

— Quand elle a voulu te rencontrer, cette année, tu as fait tout ton possible pour l'éviter.

— Bien sûr ! A quoi cela pouvait-il servir de ressasser le passé ?

Elle s'interrompit, et eut un petit éclat de rire cynique.

— Si j'avais su qu'Alex Rimsky avait si bien réussi, je me serais débrouillée pour obtenir quelque chose de lui. Dieu sait si j'ai besoin de confort et de sécurité, après la vie que j'ai eue ! Bon, peu importe tout cela… Nous étions en train de parler de ton *mariage*.

Rose avait prononcé ce dernier mot sur un ton moqueur, presque méchant.

— Non, maman, c'est terminé. J'ai dit tout ce que j'avais à dire.

A quoi bon prolonger cette désagréable entrevue ? Rose était passée maîtresse dans l'art de détourner les conversations pour leur faire suivre le cours qui lui convenait. Suzanne ne possédait pas ce genre de talent. Elle n'avait pour seules armes que son amour et sa patience.

Elle se leva, pressée de partir avant que Perry ne s'éveillât de sa sieste.

— La cérémonie est prévue pour 15 heures. A l'église de John Davenport. Tu te rappelles, l'ami de papa ?

— Seigneur ! Tu veux dire que John est encore vivant ? Il doit être horriblement vieux !

— Pas tant que cela, il n'a pas encore soixante-dix ans. Je compte sur Perry et toi. Vous êtes les seuls invités.

— Tes sœurs ne seront pas là ? Ni cette horrible cousine que Catrina amène partout avec elle ?

— Tu veux dire Pixie ?

Suzanne résista à son envie de prendre la défense de l'excentrique Priscilla, si gentille et si serviable malgré ses allures extravagantes.

— Non, je ne les ai pas invitées.

En fait, Suzanne avait rencontré Cat la semaine précédente, quand elle était venue voir Alice. Elle aurait très bien pu lui faire part de son mariage. Elle aurait dû, même. Cat et Pixie seraient certainement peinées de son silence. Jill aussi, d'ailleurs, même si elle se trouvait actuellement dans le Montana où elle s'apprêtait à divorcer.

Pourquoi ne leur avait-elle rien dit ? Suzanne refusait de chercher les raisons de cette réticence. Elle n'en avait pas eu envie, tout simplement.

Pour l'instant, elle s'attendait à une nouvelle attaque de la part de sa mère, mais Rose se contenta de plisser les yeux, de cette étrange façon qui était devenue la sienne, et de marmonner :

— Hmm…

Elle prend son temps, se dit Suzanne. Elle cherche la meilleure façon de frapper, et veut en parler avec Perry. Je n'aurais pas dû l'inviter. Je voulais qu'elle sache que je n'accepterais pas de lui abandonner Alice, mais je crains maintenant que cela se retourne contre moi. Que se passera-t-il si jamais il s'avère que je viens de commettre une grosse erreur ?

3.

— Suzanne ?

Elle pivota brusquement sur elle-même.

— Stephen ! Vous m'avez fait peur ! s'exclama-t-elle, une main posée sur le cœur.

Plongée dans la lecture des plaques commémoratives scellées sur les murs, elle n'avait pas entendu Stephen arriver. La voix de ce dernier venait de résonner étrangement au sein de la vieille bâtisse, où régnait une légère odeur de moisi mêlée à celle du vieux cuir.

— Je suis désolé, dit-il. Et de plus, je suis en retard !

— Ce n'est pas grave, répondit-elle, d'une voix encore un peu émue. J'étais en avance parce que je suis venue directement depuis l'hôpital.

Il s'approcha d'elle.

— Comment va Alice, aujourd'hui ? Vous paraissez rayonnante, malgré la frayeur que je viens de vous faire.

— J'ai une bonne nouvelle à vous annoncer ! J'ai eu un entretien avec le Dr Feldman, une infirmière et une assistante sociale. Cette dernière a demandé qu'Alice me soit confiée à sa sortie de l'hôpital, parce que c'est moi qui ai le plus l'habitude de m'occuper d'elle.

— Bravo !

39

— Je suis très contente. Bien sûr, il s'agit seulement d'une disposition temporaire, prise en attendant le jugement concernant sa garde définitive, mais c'est un pas dans la bonne direction.

Soudain, elle frissonna et ses dents se mirent à s'entrechoquer. Etait-ce le froid ou la nervosité qui la submergeait, tout à coup ?

— Maman va être furieuse, mais ni elle ni Perry ne sont capables de donner à Alice les soins dont elle a encore besoin.

En la voyant aussi émue, Stephen la prit par le bras.

— Détendez-vous, voyons !

— Je n'y arrive pas. Je n'arrête pas de penser à tout cela et...

Comment mettre en mots la confusion de sentiments qui l'agitait ?

Depuis leur première conversation, elle se sentait nerveuse, mais que dire de ce qu'elle éprouvait aujourd'hui, jour de leur mariage ! Elle s'apprêtait à épouser un étranger dont elle ne savait même pas s'il la rejoindrait ce soir dans son appartement... Et encore moins s'il ne lui dissimulait pas quelque crime, ou tout au moins quelque secret. Qui n'en a pas, d'ailleurs ? Chacun n'a-t-il pas quelque chose à cacher ? Quelles étaient les zones d'ombre de la vie de Stephen Serkin-Rimsky ?

— Je suis désolé que vous ayez eu froid, reprit ce dernier. Les démarches à la banque ont été plus longues que prévues.

— A la banque ? demanda Suzanne, fort surprise.

Cette fois encore, il ne lui donna aucune explication. Quel étrange couple de mariés ils formaient tous les deux ! Leurs tenues de mariage se trouvaient encore dans un grand sac en papier... Où donc étaient les demoiselles d'honneur, les belles voitures, les invités ? Tout le décor romantique dont Suzanne avait toujours rêvé d'entourer son mariage faisait défaut. Mais étant donné les circonstances, elle comprenait bien qu'il lui faudrait se passer d'un pareil décorum. Quelle importance pouvaient bien avoir pareils détails ? Aucune ! Une seule chose comptait : que cet arrangement lui permît d'obtenir la garde d'Alice. Nerveusement, elle se demandait aussi si Rose et Perry allaient venir, et si leur présence à la cérémonie augmenterait ses chances dans cette pénible compétition.

— Est-ce que vous avez prévu de vous changer ? demanda Stephen.

— Je n'ai jamais eu l'intention de me marier en blue-jean !

Pourquoi ce ton agressif dans sa voix ? Elle en était la première surprise, et aurait été bien incapable d'en donner les raisons. Tout ce qu'elle savait, c'est qu'elle se sentait comme sur des charbons ardents, et que la décision concernant la garde temporaire d'Alice n'y était pour rien.

Elle s'efforça de répondre sur un ton plus posé :

— Il m'a semblé que je me sentirais plus à l'aise pour parler avec vous si je gardais mes vêtements habituels.

— Je préfère que vous vous changiez maintenant, répondit-il d'une voix douce. Je vous parlerai après, quand vous aurez mis votre robe. Et je vous montrerai ce que j'ai apporté.

Suzanne approuva de la tête. Elle se sentait étrangement à bout de souffle, comme si elle venait de courir très longtemps. Décidément, ses nerfs lui jouaient des tours…

— Je vais aller dans la pièce que m'a montrée M. Davenport, derrière le chœur. Je n'en ai pas pour longtemps.

Ce fut plus long qu'elle ne l'avait prévu. Etait-ce d'ailleurs si surprenant, le jour de son mariage ?

Elle avait acheté cette robe la veille, en sortant de son travail, fatiguée d'avoir passé la journée à ouvrir des cartons et regarnir les étagères dans le centre de documentation scolaire où elle travaillait, elle qui avait toujours rêvé d'une jolie petite bibliothèque de village. Les jambes lourdes, le dos fourbu, elle avait eu beau se regarder dans la cabine d'essayage, elle n'avait pas réussi à croire qu'elle allait se marier le lendemain.

Finalement, elle n'avait essayé que trois modèles, et son choix final avait été guidé autant par le prix que par le style de la robe. Le comportement de Rose, si ouvertement impatiente de profiter de l'héritage d'Alice, l'incitait encore plus à ne pas dépenser un dollar qu'elle serait obligée de rembourser en puisant dans la fortune de la petite fille.

Aujourd'hui, debout devant le miroir de la sacristie tout piqueté par l'humidité, le buste bien pris dans le corselet ajusté, elle sentait retomber autour d'elle les lourds plis de satin pâle. Cette robe lui allait bien, avec son décolleté qui laissait la place pour le bijou qui en soulignerait la découpe.

Ce bijou, elle l'avait. C'était un collier que son beau-père avait offert à Rose, et que cette dernière lui avait donné après la mort de David Brown en lui disant :

— Prends-le, il est démodé. Il n'a pas de valeur et, en plus, je ne l'ai jamais aimé.

Suzanne, quant à elle, l'avait toujours trouvé très joli, avec son montage délicat de grenats et d'argent. Quand elle était plus jeune, elle avait souvent demandé à Rose la permission de le porter à certaines occasions, mais celle-ci avait toujours refusé. Aujourd'hui, pourtant, lorsqu'elle le posa autour de son cou, elle trouva qu'il n'allait pas très bien avec sa robe. L'argent paraissait terne à côté de l'éclat satiné du tissu, que la couleur des pierres ne mettait pas en valeur.

Peu importe ! se dit-elle. Ce qui comptait le plus, c'était le souvenir de l'amour de son beau-père pour elle. Mais au moment de le boucler, une mèche de ses cheveux se prit dans le fermoir. En essayant de la libérer, elle eut un geste un peu vif qui cassa le mécanisme. Le collier glissa dans sa main, impossible à porter.

Les yeux pleins de larmes, elle le rangea donc dans sa boîte en velours râpé. Il lui semblait que la présence de ce bijou avait ramené auprès d'elle un peu de la présence aimée. Elle avait presque entendu la voix de David, presque senti l'odeur de miel du tabac qu'il fumait dans sa pipe en bruyère.

« J'aurais dû inviter Cat et Pixie, se dit-elle, et j'aurais dû aussi appeler Jill et Sam dans le Montana. Au moins, j'aurais eu leur sourire pour me soutenir. Mais j'ai eu peur de leurs critiques. Mes sœurs n'auraient pas manqué de me dire que ce mariage n'en est pas un, et que tout cela risque de se retourner contre moi. »

Sans elles, Suzanne se sentait terriblement seule, et pleine de culpabilité à cause de son silence. Sans le moindre enthousiasme, elle se mit à brosser ses cheveux et à se maquiller.

Une fois prête, elle alla retrouver Stephen dans la sacristie. Il était encore en jean et, comme elle tout à l'heure, il lisait les noms gravés sur les plaques de marbre.

— Vous ne vous changez pas ? demanda-t-elle, surprise.

A cet instant, elle espéra presque qu'il allait lui dire qu'il n'était plus d'accord pour continuer. Ce qui était stupide, car elle avait plus que jamais besoin de ce mariage. Pourquoi éprouvait-elle tant de réticences ?

— J'aurai vite fait. Je voulais d'abord vous donner ce que je suis allé chercher à la banque tout à l'heure. Peut-être n'en voudrez-vous pas. Je vous laisse libre de décider. Prenez votre temps pour réfléchir à votre aise.

— Oui, bien sûr…

De quoi s'agissait-il donc ? Elle n'en avait pas la moindre idée.

Sur ce, Stephen ramassa son grand sac en papier et en sortit deux boîtes de bois, une rectangulaire et l'autre carrée, tellement patinées par le temps qu'elles brillaient comme du satin. Il les posa sur la table de la sacristie et Suzanne découvrit sur leur couvercle un travail de marqueterie raffiné, avec des incrustations de bois plus clair, d'ébène et de nacre opalescente.

— Les parures qu'elles contiennent sont très anciennes toutes les deux, expliqua Stephen. Plus du tout à la mode.

— Il s'agit donc de bijoux ? balbutia Suzanne.

— Oui. Ces pièces appartiennent à ma famille. Je suis allé les retirer du coffre tout à l'heure et je les y ramènerai après la cérémonie.

— Elles sont donc très…

— Oui. Elles ont beaucoup de valeur. En fait, elles doivent être vendues pour financer la construction d'un hôpital en Aragovie. Mais j'estime juste que vous les portiez aujourd'hui, si vous en avez envie. Vous seriez ainsi la seconde mariée Serkin-Rimsky à le faire. Et la dernière.

Sa voix était calme et posée. Tout en parlant, il défaisait les petits crochets d'argent qui fermaient chacun des deux coffrets.

Suzanne demeurait sans voix. L'homme qui se trouvait devant elle ne ressemblait guère à quelqu'un qui possède des bijoux d'une telle valeur. A aucun moment il ne lui avait donné l'impression d'être riche, et elle n'avait même pas imaginé que ce fût possible, les médecins d'Europe Centrale étant loin de gagner leur vie aussi bien qu'aux Etats-Unis.

Malgré elle, son cœur battait d'impatience. Le bois d'un prie-Dieu craqua dans le fond de l'église. Le soleil de septembre sortit de derrière un nuage et illumina le mur de l'ouest en passant à travers le vitrail de l'entrée. Des rayons de lumière colorée franchirent les portes entrouvertes et pénétrèrent jusque dans la sacristie, créant une atmosphère inattendue et presque féerique.

Stephen ouvrit la plus petite des deux boîtes, qui était plate et rectangulaire. Etalé sur un support en velours bleu nuit, se trouvait un collier en or et diamants dont la beauté éblouit Suzanne. Avant qu'elle eût trouvé le moindre mot pour exprimer sa surprise, Stephen le lui avait passé autour du cou. En même temps, elle sentit le contact froid de l'or contre sa peau et la chaleur des doigts attentifs de Stephen.

— Voilà !

— Il est… magnifique !

44

Ce fut tout ce qu'elle trouva à dire. En fait, le bijou était une pure merveille. Le travail de l'or était aussi délicat que celui d'une dentelle, et les diamants qui s'y trouvaient sertis étaient rangés par grandeur croissante jusqu'au plus gros, qui avait la taille d'un pois.

Le souffle de Stephen dans son cou, au moment où il pencha son visage vers elle pour actionner le fermoir, lui permit de sentir à quel point il était proche. Elle avait envie de suivre du doigt la trace argentée de la cicatrice qui courait le long de sa joue et de descendre ainsi jusqu'à sa bouche. Cette pensée la plongea soudain dans un courant de désir qui la fit frémir. Elle aurait pu se laisser glisser dans ses bras. Là, tout de suite... Lever son visage vers lui, pour l'inviter à poser ses lèvres sur sa bouche. Pourtant, découvrir l'attirance qu'elle éprouvait pour lui était vraiment la dernière des choses qu'elle souhaitait ! Trop d'événements se bousculaient dans sa vie en ce moment...

Sexe... Divorce... Si jamais l'un ou l'autre devait arriver, ce serait plus tard, dans un futur éloigné. Certainement pas maintenant. En tout cas, elle refusait de consentir à un tel trouble.

Stephen avait manifestement du mal à boucler le fermoir.

— Vous voulez bien relever un peu la tête ? murmura-t-il, le regard fixé sur le délicat crochet en or. Je ne suis pas habitué à faire ce genre de choses !

Ses doigts glissèrent sur la peau de Suzanne.

Elle obéit et sentit qu'il se penchait encore davantage. Ses jambes se pressaient contre les plis de sa robe et ses bras frôlaient l'extrémité de ses seins. Les sourcils froncés, il luttait toujours avec le fermoir récalcitrant. Elle doutait qu'il eût remarqué quelle partie sensible de son corps il était en train de toucher, et priait pour qu'il ne le devine pas ! Cela suffisait largement qu'elle-même se trouvât dans cet état d'excitation déplacée, le souffle court, la pointe des seins tendue, folle de l'envie de se laisser aller contre lui.

45

Un petit grognement de satisfaction lui apprit qu'il avait enfin réussi. Il fit glisser le collier de manière à ce que le fermoir se trouve par-derrière, sur la nuque, puis recula d'un pas.

— Ne dites rien encore. Attendez ! Il s'agit d'une parure qui a été faite à Paris en 1912, pour le mariage de mon arrière-grand-mère. Il vous faut d'abord l'essayer avant de décider si vous voulez la porter.

Il ouvrit alors la seconde boîte, doublée du même velours bleu nuit, et saisit le bijou qui s'y trouvait. Stupéfaite, Suzanne demeura bouche bée. Qu'attendait-elle donc ? Un bracelet ? Une paire de boucles d'oreilles ? Pas du tout. Ce n'était pas une couronne qui se trouvait là, devant elle, car les couronnes sont faites pour les rois. Elles sont lourdes et trop chargées. Ce bijou était infiniment plus délicat. C'était un diadème, travaillé avec les mêmes motifs d'or et de diamants que le collier, parfait pour rehausser la coiffure d'une femme.

Comme Stephen s'apprêtait à le lui poser sur la tête, Suzanne l'interrompit dans son geste en l'attrapant par le poignet. Heureusement, la tentation physique éprouvée quelques instants plus tôt avait disparu.

Le regard interrogateur, Stephen la fixait, à présent.

D'une certaine façon, il avait dû s'attendre à cette réaction. Il avait même sans doute tout fait pour la provoquer.

Suzanne avait recouvré l'usage de la parole. Sa voix tremblait, mais elle pouvait au moins s'exprimer.

— Arrêtez cela, je vous en prie… Je n'y comprends rien ! Expliquez-moi d'abord de quoi il s'agit. Vous me dites que vous logez dans un petit hôtel bon marché à côté de la gare Penn, vos vêtements paraissent sortir d'une grande surface, et ces bijoux sont si précieux qu'ils suffiront à financer un hôpital ! On dirait des bijoux de…

— … de princesse. Oui. Ce sont les bijoux de la princesse Serkin-Rimsky d'Aragovie. J'étais certain que vous ne saviez pas, mais je vais vous expliquer. Comme son père l'avait fait auparavant, Jodie avait renoncé à son héritage…

— Jodie était une princesse ?

— C'est ce que vous serez vous aussi, Suzanne, dans moins d'une heure, quand vous m'aurez épousée.

Suzanne porta les mains à ses joues brûlantes. Ah, comme elle regrettait maintenant de ne pas avoir cherché davantage d'informations à propos de l'Aragovie ! Elle aurait dû prêter plus d'attention aux indices que lui avait livrés le Dr Feldman…

Stephen souriait. De son sourire taquin qui plissait ses yeux et aplatissait la petite cicatrice au coin de la lèvre supérieure.

— Attendez avant de vous emporter ! lança-t-il en voyant la surprise qui se peignait sur le visage de la jeune femme.

— Mais je ne m'emporte pas ! s'écria Suzanne, agacée. Je suis très calme, mais tout ce que vous me racontez là est complètement impossible !

— Pas du tout. Mon arrière-grand-père était le prince Christian Serkin-Rimsky d'Aragovie. En 1912, il a épousé une Anglaise, lady Elizabeth Shrevebury, et fait exécuter pour elle ces bijoux en guise de cadeau de mariage. Aidé de ses conseillers, il était à l'époque en train de préparer une constitution démocratique lorsque les communistes ont pris le pouvoir dans le pays. L'Etat s'est alors emparé de tout ce que nous possédions. Une petite partie de nos biens seulement a pu être sauvée. Ces bijoux, entre autres. Tout cela est une longue histoire, que je vous raconterai plus tard.

— Croyez bien, au contraire, que je meurs d'impatience de savoir ! lança-t-elle, sarcastique. Le Dr Feldman m'avait bien dit qu'il «laissait de côté la question de l'Aragovie». Je n'ai pas compris ce qu'il voulait dire par là, mais c'était de cela dont il s'agissait, n'est-ce pas ? Ce n'était pas seulement le fait que Jodie et son père étaient originaires d'un petit pays d'Europe, mais surtout qu'ils étaient liés à la famille royale par le sang et par l'héritage…

— Oui, c'est cela, articula calmement Stephen.

— Est-ce que je dois faire comme lui et laisser moi aussi de côté la question de l'Aragovie ? C'est impossible ! Que voulez-vous dire quand vous annoncez que vous voulez vendre ces bijoux pour faire un hôpital ?

— Je veux transformer un de nos anciens palais en hôpital.

— D'après le Dr Feldman, vous auriez l'intention de vous installer ici. Est-ce vrai ? Après tout, vous n'êtes plus prince au sens propre du mot. L'hôpital peut très bien recevoir le nom de votre famille, cela ne vous oblige pas à vivre là-bas. Vous pouvez construire votre avenir ici, comme l'a fait votre oncle. Sous quel régime vit actuellement votre pays ? Est-ce une démocratie ?

Il hésita un peu avant de répondre.

— La démocratie gagne du terrain chaque jour. Peu à peu, nous nous débarrassons de l'héritage communiste.

— Donc, vous êtes libre de le quitter. Vous le ferez si c'est ce qui est le mieux pour Alice. C'est en tout cas ce que vous m'avez dit l'autre jour.

— Mon but est effectivement de choisir ce qui conviendra le mieux à l'avenir d'Alice.

Stephen ne se départissait pas de son grand calme et continuait à répondre de façon posée et prudente aux questions inquiètes de Suzanne. Mais cette prudence même aggrava l'anxiété de la jeune femme.

— Vous parlez comme si vous ne saviez pas ce qui est le mieux !

— Qu'y a-t-il d'étonnant à cela ? Le plus important, c'est qu'Alice grandisse entourée de stabilité et d'amour.

— Voilà que vous parlez exactement comme Michael Feldman !

— Il a raison. C'est bien pour cette raison que nous nous marions, n'est-ce pas ?

Suzanne ne put qu'approuver, mais elle déplorait de ne pas avoir davantage de temps pour lui poser d'autres questions. Elle pressentait que d'autres surprises l'attendaient, mais l'inquiétude qui hantait son esprit ne réussit pas à prendre une forme précise. En tout cas, elle était persuadée que Stephen ne lui disait pas tout.

Une question, pourtant, lui vint aux lèvres sans difficulté.

— Vous souhaitez que je porte ce diadème et ce collier aujourd'hui. Pour quelle raison ?

— Je vous l'ai dit tout à l'heure. Parce que vous serez la dernière princesse Serkin-Rimsky à arborer l'ultime vestige de notre héritage familial.

— Bon, dans ce cas, j'accepte de le faire.

Après tout, ce n'était pas compliqué : cela n'engageait à rien et ne présentait aucune espèce de danger pour Alice. Respecter la tradition s'accordait très bien avec le souci que Stephen avait eu d'envoyer le chausson d'Alice à sa mère. Il gagnait ainsi aux yeux de Suzanne une aura qui l'intriguait et à laquelle elle n'était pas insensible. Comment la nommer ? Etait-ce cela, l'honneur ? Le mot était démodé, certes, mais Suzanne avait toujours éprouvé beaucoup de respect pour les choses démodées.

Plus détendue à présent, elle répéta :

— D'accord, je les porterai. Je n'ai jamais rien vu d'aussi beau.

A cet instant, on entendit la porte de l'église grincer et Rose fit son entrée, suivie de près par Perry, un bel homme dans la cinquantaine, à l'air flegmatique. Mince, bien fait, il arborait un visage agréable et une séduisante crinière grisonnante.

— Ah ! s'exclama Rose, un peu essoufflée. Te voilà ! Je viens d'appeler à ton appartement, mais il n'y avait personne. Ma chérie, tu as oublié que la mariée ne doit pas arriver en avance à son mariage ? Elle doit faire attendre tout le monde, y compris son futur époux.

— Stephen et moi avions besoin de parler un peu.

Instinctivement, elle s'était rapprochée de lui, jusqu'à sentir la chaleur du corps de ce dernier irradier le long de son bras nu. Tout étourdie par ce qu'elle venait d'apprendre, elle savait néanmoins que, face à sa mère, il lui fallait afficher un minimum d'intimité avec celui qui allait devenir son mari.

Stephen avait remis le diadème dans sa boîte et rangé les deux coffrets dans le sac en papier. Rose n'avait rien remarqué, ni les boîtes, ni le collier qui était resté autour du cou de Suzanne

— Maman, voici Stephen Serkin... euh... *Serkin-Rimsky*.

— Serkin suffira aujourd'hui, corrigea Stephen.

— Stephen, je te présente ma mère et mon beau-père. Rose et Perry Wigan.

— Enchanté, répondit Rose. Votre oncle se faisait toujours appeler Rimsky, ajouta-t-elle en lui tendant la main.

De toute évidence, Rose était en train de jauger Stephen. Elle avait toujours su apprécier un bel homme, même si cela, disait-elle, ne lui avait jamais apporté le bonheur.

Toujours en jean et tennis, Stephen ressemblait à n'importe quel Américain, jeune et bien de sa personne, mais qui ne se soucie guère de ce qu'il porte à partir du moment où son vêtement est propre et confortable. Poitrine moulée par son T-shirt, longues jambes gainées par le jean aux coutures effrangées, sa séduction éclatait de façon insolente dans cette tenue bien peu sophistiquée qui ne trahissait rien de son royal lignage. A côté de lui, le costume élégant de Perry, son gilet de satin, paraissaient pompeux et presque déplacés.

— Ma chérie, je t'ai apporté quelque chose..., déclara Rose en se retournant vers sa fille. Mon voile de mariage, pour respecter la tradition ! Tu peux me remercier, car Perry et moi sommes retournés à Philadelphie exprès pour te le rapporter. Il m'a fallu un bon bout de temps pour me rappeler l'endroit où je l'avais rangé dans le grenier... Perry a fait preuve d'une patience d'ange !

Sur ce, elle se tourna vers son mari à qui elle adressa un sourire reconnaissant. Affectation ? Sincérité ? Comment savoir, avec Rose ?

— Oh, maman, ton voile de mariée ! Merci !

Suzanne maîtrisait mal l'émotion qui la gagnait au moment où elle vit sa mère sortir le morceau de tulle de la pochette en tissu dans laquelle il était rangé. Elle ne se doutait même pas que sa mère l'avait conservé.

Le mariage de Rose au père de Suzanne avait eu lieu vingt-huit ans plus tôt, et il n'avait guère été heureux puisqu'il s'était terminé par un divorce deux mois après la naissance de Jill. En vingt ans, les deux sœurs n'avaient jamais vu leur père et elles ne savaient même pas s'il était toujours vivant.

En dépit de quoi, ce voile était chargé de signification et le geste de Rose la touchait. Peut-être, finalement, étaient-elles en train de laisser de côté toute rivalité, comme l'avait souhaité cette dernière à son hôtel, le mercredi précédent ? Quel soulagement, si elle comprenait enfin que la priorité pour Alice était d'être aimée, et que Suzanne était la personne la mieux placée pour cela...

— Il faudra que tu le fixes avec des pinces à cheveux, expliqua Rose vivement. J'en ai apporté un sachet.

— Moi aussi, pour me faire un chignon.

— Eh bien, nous allons nous y mettre toutes les deux...

Suzanne accepta avec joie, heureuse qu'en dépit de toutes les tensions, sa mère se comportât de cette façon aujourd'hui. Encore une fois, elle espérait que ce mariage permettrait à leurs relations de s'apaiser.

Elle sortit le diadème de sa boîte, et déclara presque timidement en le posant sur sa tête :

— Voilà qui maintiendra le voile en place...

Grâce aux explications que Stephen lui avait fournies tout à l'heure, elle appréciait maintenant à son juste prix la valeur d'un tel objet. Il représentait un geste d'amour, ce qui le rendait bien plus précieux que sa seule valeur marchande. Dans le secret de son cœur, elle souhaitait qu'un peu de la magie qu'il recélait marquât d'une touche d'espoir cette cérémonie guidée par la nécessité.

— Comme c'est joli ! s'exclama-t-elle en se regardant dans la glace. Ce voile va très bien avec le collier que je porte.

D'un geste vif, elle souleva ses cheveux afin que Rose le vît mieux, mais cette dernière n'eut d'autre réaction qu'un petit sifflement de surprise.

— Je vais fixer le voile, continua Suzanne en rassemblant pinces et barrettes.

Elle enroula deux ou trois mèches de cheveux et, avec quelques gestes habiles, mit le diadème en place, peut-être pas aussi élégamment que l'aurait fait un grand coiffeur, mais de façon tout à fait satisfaisante pour recevoir le voile de Rose.

— Mais enfin, où as-tu déniché des accessoires aussi voyants ? demanda enfin Rose en regardant le collier et le diadème.

— Ils appartiennent à la famille de Stephen, et je ne les trouve pas voyants, déclara Suzanne en caressant du bout des doigts les courbes du bijou qu'elle portait autour du cou. Non, ils ne sont pas voyants du tout.

— Enfin…, reprit Rose, conciliante. Ils seraient superbes s'ils étaient authentiques.

— Ils sont authentiques, maman.

En entendant ces mots, Rose éclata de rire.

— Qu'est-ce que tu dis ? Le neveu d'Alex Rimsky serait en possession de pareils joyaux ? Tu plaisantes, ma petite fille ! Alex n'avait pas un sou quand il est arrivé aux Etats-Unis !

— Ce sont des bijoux de famille. Ils sont gardés ici, dans un coffre de banque.

Au moment où elle prononçait ces mots, Suzanne ne put s'empêcher de se demander pourquoi ils étaient conservés à New York. Stephen lui avait dit qu'il s'agissait d'une longue histoire, mais elle n'en connaissait pour l'instant qu'une toute petite partie. Elle pouvait au moins partager ce qu'elle savait avec Rose.

— Ils ont été fabriqués pour l'arrière-grand-mère de Stephen, la princesse Elizabeth d'Aragovie, en 1912.

— Tu plaisantes, n'est-pas ?

— Non, pas du tout.

— Cela voudrait donc dire que ce Stephen que tu vas épouser serait un prince ? Et par conséquent, qu'Alex l'était aussi ?

— Exactement, répondit Suzanne en relevant le menton.

— Mais, ma chérie, tu imagines bien qu'Alex me l'aurait dit !

— Apparemment, il avait renoncé à tout cela quand il a décidé de venir vivre ici. Tout ce qui touchait à la royauté n'avait pas bonne presse en Union Soviétique et ne servait à rien aux Etats-Unis. Vous ne vous êtes pas fréquentés très longtemps et, de toute façon, je suis persuadée qu'il ne t'en aurait jamais parlé. En tout cas, tout ce que je te dis est parfaitement exact, car j'en ai parlé avec le Dr Feldman.

— Bon ! Admettons que tu sois sur le point de devenir une vraie princesse dans quelques instants…, concéda Rose d'une voix excessivement aimable. Mais attention, ma chérie ! Un prince peut être tout aussi fourbe que le premier homme venu.

— Stephen n'est pas fourbe ! se récria Suzanne.

— Au cas où tu aurais oublié, ajouta Rose, Alice est un bébé très riche, et je suis sûre que le neveu d'Alex Rimsky le sait parfaitement. Il n'a qu'une envie, c'est de mettre la main sur la fortune de la petite. Voilà pourquoi il te fait croire que l'argent n'a aucune importance à ses yeux. Si jamais l'original du bijou que tu portes a existé, il y a belle lurette qu'il a été volé ou vendu !

— C'est faux…

— Tu as tort. Il est en train de t'appâter, et tu ferais bien de garder l'œil ouvert !

— C'est faux, répéta Suzanne.

Un court silence s'ensuivit, puis Rose reprit, avec un soupir résigné :

— Evidemment… Les filles ne croient jamais leur mère quand elle leur donne de bons conseils. Heureusement, Feldman me croira, lui.

Elle marqua une pause pendant laquelle Suzanne put presque voir fonctionner les rouages de son cerveau. Rose Wigan n'était pas intelligente, mais elle avait beaucoup d'intuition, surtout lorsque son intérêt était en jeu. Sous le satin de sa robe, Suzanne sentit un frisson la parcourir.

— Oui, il me croira, reprit Rose, surtout quand il découvrira que vous ne vivez pas ensemble, toi et ton prince charmant !

Suzanne se redressa, affolée.

— Mais si, nous allons vivre ensemble ! Nous allons partager mon appartement. Simplement, nous n'avons pas encore eu le temps de…

— De quoi ? Allons, ma fille, tes bijoux sont en toc et ton mariage encore plus !

— Mais… je…

Sous le coup de l'émotion, Suzanne ne trouvait plus sa respiration. La menace que Rose venait de proférer sur un ton mielleux lui faisait aussi mal qu'un coup de couteau en plein cœur.

— C'est moi qui vais le lui annoncer, ou tu préfères le faire toi-même ?

— Annoncer quoi ? A qui ?

— Annoncer à ton beau prince que le mariage est annulé, bien sûr !

— Mais rien n'est annulé ! Je me marie comme prévu.

La colère se faisait de plus en plus violente dans le cœur de Suzanne, mais elle faisait son possible pour la contenir, sachant d'instinct qu'il était plus sage de garder son calme.

Rose ne réussit pas à faire preuve de la même maîtrise d'elle-même. Les dents serrées, elle parla d'une voix rauque et menaçante.

— Tu sais très bien que tu ne réussiras pas à gagner Alice de cette façon. Je vais parler à Feldman le plus tôt possible.

— Comme tu voudras, maman !

Soudain, Suzanne eut Alice devant les yeux, aussi présente que si elle s'apprêtait à la toucher. C'était l'image du bébé qu'elle gardait dans son cœur depuis le jour où, penchée sur son berceau avec Stephen, ils avaient passé un long moment à la regarder sourire dans son sommeil. Cela lui donna une force et une détermination dont elle ne se serait jamais crue capable, et pourtant, elle avait souvent lutté, au cours de sa jeune existence…

— Oui, va lui parler ! répéta-t-elle, avec un calme glacial.

— Suzanne, tu ferais mieux d'admettre que tu as perdu, gronda Rose, en fixant la robe comme si elle en haïssait chaque fibre, puis le collier et le diadème comme si elle en détestait chaque pierre et chaque maillon. Que vous partagiez ou non le même appartement, ce mariage est une pure comédie !

— Vraiment ? rétorqua Suzanne. Eh bien, puisque tu en es si persuadée, prouve-le. Oui, *prouve-le* !

Suzanne était livide.

Stephen s'en rendit compte immédiatement, et fut choqué par le contraste entre la pâleur du visage de la jeune femme et la couronne de cheveux sombres disposés sous le diadème. On aurait dit que toute la couleur de son visage s'était réfugiée sur ses lèvres, où elle avait passé un bâton de rouge.

Mais ce n'était pas seulement cette pâleur qui l'alarmait. Elle avait les yeux extraordinairement brillants et tenait ses poings serrés. Les mariées, d'ordinaire, ne remontent pas le nef avec les poings serrés... Il l'attendait au pied de l'autel, où se trouvait également le père Davenport. Aucune musique n'accompagnait la mariée, qui s'avançait au bras de Perry Wigan. Le visage impénétrable, Rose fermait la marche.

Que s'était-il passé entre les deux femmes, pendant qu'il était parti revêtir le costume sombre acheté quelques jours plus tôt ? Il avait eu vite fait de se changer et était venu se mettre à sa place, à côté de Perry, qui s'était avéré un compagnon fort peu loquace.

Heureusement, le père Davenport commença aussitôt la cérémonie. De temps à autre, Suzanne jetait un coup d'œil dans la direction de Stephen, comme pour lui envoyer un message muet, désespéré, mais il ne réussissait pas à le comprendre. Instinctivement, il lui prit la main. Les doigts de la jeune femme étaient glacés. Doucement, il essaya de les réchauffer en les serrant doucement, mais ses efforts demeurèrent vains. Il lui semblait que Suzanne lui murmurait quelque chose à propos d'Alice.

«Alice... comédie...»

Cela n'avait pas de sens, mais il approuva d'un signe de tête, dans l'espoir de l'apaiser un peu. Il était prêt à tout pour faire disparaître l'angoisse qui se lisait sur ses traits.

Son approbation parut aider Suzanne à se détendre un peu. Soulagé, il laissa son esprit se tourner vers sa lointaine aïeule, celle qui, jusque-là, avait été la seule à porter cette parure. Elle avait été suffisamment amoureuse du prince Pierre pour accepter de renoncer à sa vie en Angleterre et rester à ses côtés tout au long des vicissitudes que leur avait imposées le régime des Soviets. Avec lui, elle avait connu la guerre et la pauvreté, le deuil et la peine. Leur mariage s'était terminé avec la mort de Pierre, soixante-huit ans plus tard, et elle lui avait survécu neuf ans.

La mariée qui se tenait à côté de lui aujourd'hui était bien différente. Elle avait d'autres soucis, d'autres talents, d'autres priorités, mais il lui semblait qu'il les comprenait. Espoirs et regrets se mêlaient en lui en ce moment. Le futur paraissait encore si peu prévisible…

Puis, soudain, ce fut terminé. Ils étaient mari et femme. Le père Davenport avait l'air d'attendre quelque chose, mais Stephen ne comprenait pas. Que devait-il faire ? Il ne se souvenait plus des coutumes concernant les mariages aux Etats-Unis. Suzanne aussi avait l'air d'attendre. Il la sentit se cramponner à la manche de son costume.

Toute proche de lui, elle le regardait d'un air suppliant. Soudain, il entendit les mots qu'elle lui murmurait à voix basse.

— Embrasse-moi, disait-elle. *Je t'en prie, embrasse-moi !*

Puis, sans attendre de réponse, elle le prit par le cou et se mit à l'embrasser passionnément sur la bouche.

4.

A travers ce baiser, sa hardiesse, sa sensualité, Stephen comprit que Suzanne touchait le fond de la détresse. Sans doute jamais n'avait-elle embrassé un homme de cette façon…

Surpris par ce geste, il n'éprouva pourtant pas la moindre envie de se dérober. Une fraction de seconde lui suffit pour qu'il répondît à l'invite passionnée de la jeune femme. Doucement, il entrouvrit les lèvres qu'elle posait si avidement sur les siennes, tandis que le contact du satin et de sa peau nue lui faisait battre le cœur. C'est à peine s'il aurait pu dire où s'arrêtait l'un et où commençait l'autre… Mais le plus troublant était la bouche tiède de Suzanne, pulpeuse, décidée, au léger goût de fraise.

Maintenant qu'il lui obéissait, la hardiesse de la jeune femme s'était évanouie pour laisser place à une douceur empressée, pleine d'émotion. Elle paraissait tout aussi comblée que lui. De ses doigts, elle lui caressa le menton, laissa sa main glisser sur ses épaules, puis s'accrocha à lui comme si elle avait peur de tomber.

« Garde ces baisers pour moi, Suzanne… », ne put s'empêcher de penser Stephen.

Aussitôt, il se trouva bien présomptueux et, en même temps, bien décidé à pousser son avantage aussi loin que possible. Après tout, c'était le bonheur d'Alice qui était en question ! Pour elle, il se sentait prêt à se montrer impitoyable.

Délibérément, il s'employa donc à rendre leur baiser encore plus intense, et découvrit avec satisfaction que la réponse de la jeune femme était immédiate. Un frisson de désir la parcourut, et il sentit les seins fermes et souples se presser contre sa poitrine. Elle ne jouait pas la comédie, il en était sûr. Pour l'un comme pour l'autre, ce qui se passait en ce moment était parfaitement authentique.

— Suzanne…, murmura-t-il, savourant la douceur de ce prénom comme il l'aurait fait d'une friandise rare et précieuse. Suzanne…

Elle dut interpréter cela comme une invitation à mettre fin à leur baiser, car sa bouche s'écarta doucement. Une main toujours agrippée à la manche du costume de celui qui était devenu son époux, elle tourna son visage vers sa mère.

— Félicitations ! lança Rose, dont le regard acéré allait de l'un à l'autre, tandis qu'elle gardait les lèvres serrées en une moue dédaigneuse.

Assez interloqué par le spectacle auquel il venait d'assister, le père Davenport s'appliqua néanmoins à n'en rien laisser paraître, et serra un instant Suzanne dans ses bras en un geste affectueux.

— Je te souhaite beaucoup de bonheur, mon enfant. David avait toujours dit que tu saurais être heureuse dans la vie.

Rose s'avançait déjà, le sourire aux lèvres. A son tour, elle embrassa Suzanne sous le regard observateur de Stephen. *Si elle n'est pas réellement heureuse de ce mariage, c'est une actrice hors pair*, se dit-il. De toute façon, il n'avait pas l'intention de sous-estimer les talents de Rose au cours de l'affrontement qui les opposait, mais il comprenait néanmoins pourquoi son oncle avait pu être attiré par elle autrefois. Elle avait dû être une très jolie fille, pleine de vie et de fantaisie, à laquelle un jeune immigrant de vingt-neuf ans, avide de jouir de tout ce que la vie lui offrait, aurait eu du mal à résister.

Elle était toujours belle, d'ailleurs, dans son tailleur de soie ivoire bien ajusté, qui défiait la tradition selon laquelle seule la mariée est autorisée à porter du blanc.

— Stephen, s'exclama-t-elle, vous voici devenu mon gendre ! Perry, ajouta-t-elle en se tournant vers ce dernier, peux-tu imaginer que je suis assez vieille pour avoir une fille mariée ?

— J'ai bien du mal, répondit docilement ce dernier.

Elle serra rapidement Stephen dans ses bras, puis, s'écartant un peu de lui, elle le regarda droit dans les yeux :

— Je vous la confie, Stephen. C'est votre devoir, à présent, de la rendre heureuse. Le coup de foudre est quelque chose de magique... Mais c'est maintenant que les choses difficiles commencent. Si jamais vous faites de la peine à ma fille, c'est à moi que vous aurez affaire. Un mariage aussi impromptu que le vôtre court le risque de se retrouver très vite dans les dossiers des avocats...

Stephen comprenait soudain la stratégie de son interlocutrice et ne se laissa pas impressionner.

— Suzanne et moi sommes suffisamment adultes pour savoir ce que nous voulons, répondit-il calmement, mais froidement. Et contrairement à ce que vous croyez, il ne s'agit pas d'un coup de foudre.

— Nous verrons..., murmura Rose, le sourire figé. Nous verrons bien...

Tous deux savaient parfaitement que ces quelques mots recélaient une menace voilée. Suzanne également. Elle était redevenue très pâle, et Stephen sentit qu'elle lui serrait plus fort le bras.

— J'imagine que vous n'avez pas eu le temps de prévoir de voyage de noces ? demanda Perry qui, pour la première fois, se mêlait à la conversation. Tout cela a été si rapide !

Il venait de se ranger aux côtés de Rose et, sous ses sourcils froncés, le regard du père Davenport allait de l'un à l'autre couple. Celui-ci devinait que quelque chose n'allait pas, mais que personne ne voulait clairement l'avouer.

En entendant la question de Perry, Stephen sentit que Suzanne se raidissait. Il la serra plus étroitement contre lui et répondit avant qu'elle eût le temps d'ouvrir la bouche.

— Détrompez-vous ! Nous avons bien prévu une lune de miel d'une semaine, dans un appartement que nous prête un ami à côté de Central Park.

— Ah ?

Suzanne n'avait pu retenir une exclamation de surprise, qui n'échappa pas à la sagacité perfide de Rose.

— Vous feriez bien d'en informer votre jeune épouse, lança-t-elle, sarcastique. Elle ne me paraît pas très au courant de vos projets !

Stephen se mit à rire poliment.

— Quoi de plus normal, puisqu'il s'agit d'une surprise ? C'est une partie de mon cadeau de mariage. Suzanne, je t'annonce qu'une limousine va venir nous conduire à ton appartement pour que tu prennes tes affaires, et qu'elle nous déposera ensuite sur la Cinquième Avenue. Après cela, nous aurons encore le temps d'aller rendre visite à Alice.

— Ne vous faites pas de souci pour Alice ! déclara Rose. Sa grand-mère sera là pour lui tenir compagnie… Tiens, il me semble que j'entends votre voiture ! Inutile de nous jouer la cérémonie des adieux, puisque nous aurons l'occasion de nous retrouver chaque jour à l'hôpital.

— Il est en effet inutile de jouer la comédie, quelle qu'elle soit, répliqua Suzanne qui sentit la main de Stephen se glisser dans la sienne.

— C'est bien notre voiture, confirma Stephen. Tu es prête à partir ?

— A bientôt, à l'hôpital, répéta Rose.

Stephen entraîna Suzanne vers la lumière éclatante qui régnait dans la rue.

— Je crois que nous avons bien réussi notre effet ! déclara-t-il.

— Oui, approuva la jeune femme.

Le mot «effet», toutefois, lui fit froid dans le dos. Et pourtant, elle ne pouvait nier qu'il fût parfaitement bien choisi. C'était cela, leur mariage : un arrangement destiné à produire certains effets…

— Merci d'avoir si vite improvisé une lune de miel ! Connaissant ma mère, je vais m'abstenir de répondre au téléphone pendant toute la semaine, car je suis sûre qu'elle aura à cœur d'appeler chaque jour pour contrôler si j'y suis.

— De toute façon, tu ne pourras pas le faire puisque tu seras effectivement en voyage de noces avec moi, sur la Cinquième Avenue.

Suzanne s'arrêta net, au milieu des marches du porche.

— Je croyais qu'il s'agissait simplement d'une parade !

— Nous ne pouvons pas nous permettre de mentir, Suzanne, répondit-il en souriant, ce qui fit luire doucement sa fine cicatrice nacrée. Ce qui est en jeu est trop important pour que nous prenions le moindre risque. J'ai effectivement prévu une lune de miel. Dans un appartement de sept pièces. Avec trois chambres. Personne n'a besoin de savoir combien nous en utiliserons…

Grande ouverte sur le lit, la valise de Suzanne, encore à moitié vide, paraissait narguer la jeune femme. Encore sous le coup de la surprise que venait de lui faire Stephen, elle ne parvenait pas à trouver suffisamment de lucidité pour la remplir.

Pendant ce temps, Stephen contemplait avec un certain étonnement ce grand espace non cloisonné où trônaient d'impressionnants rideaux noirs qui allaient du sol au plafond, vestiges oubliés là par la compagnie de théâtre qui avait utilisé le loft pour ses répétitions. Rien, depuis, n'avait été modifié. En plus du lit, un poste de télévision, une commode, un canapé et un four à micro-ondes constituaient la totalité de l'ameublement. La salle de bains était le seul espace séparé. La cuisine elle-même se réduisait à un comptoir qui longeait le mur, à côté de la porte.

En attendant que Suzanne fût prête, Stephen alluma la télévision. Le son se mit à résonner contre les murs nus. En bas, la luxueuse limousine les attendait, incongrue dans ce quartier habité par des jeunes plutôt désargentés. Suzanne avait eu la chance de pouvoir louer ce loft pour un prix dérisoire à un acteur parti en tournée pour quatre mois. C'est ici qu'elle espérait pouvoir ramener Alice dans le courant de la semaine prochaine, sans savoir où elles iraient habiter après ce délai. *Elles ?* Ou tous les trois ?

— Je ne sais pas quoi mettre dans ma valise ! s'écria Suzanne, découragée. Il me semble que rien de ce que je suis en train de vivre n'a de sens... Comment croire que nous venons de nous marier et que tu es ici, dans mon appartement ?

— Ton appartement... On dirait plutôt un entrepôt !

— Il me plaît tel quel !

— Et le bébé ?

Avec cette question, il marquait un point.

— Je me débrouillerai, répondit-elle, sur la défensive. Le chauffage marche bien et ce n'est que temporaire. Je n'ai pas eu le temps de chercher mieux pour l'instant.

La critique implicite que venait de lui adresser Stephen la blessait. Elle se sentait aussi humiliée que si sa mère en personne lui avait fait une telle remarque. Mais alors que celle-ci aurait cherché à pousser son avantage aussi loin que possible, Stephen s'excusa aussitôt.

— Je suis injuste. En fait, tu t'es bien débrouillée, et je t'avouerai qu'il m'est arrivé de vivre dans des conditions beaucoup plus précaires. Nous arrangerons ce loft, et ce sera très bien, en attendant de pouvoir vivre ailleurs.

Suzanne soupira, un peu soulagée. A quoi bon, en effet, essayer d'imaginer l'avenir ? C'était bien trop difficile. Et totalement inutile, de surcroît… Du coup, elle trouva le courage de jeter quelques affaires dans sa valise, en espérant que cela lui suffirait pour les jours à venir.

— Je suis prête, déclara-t-elle enfin, satisfaite de boucler ses bagages et de pouvoir descendre avec Stephen.

C'était l'heure de pointe. Très vite, la limousine se trouva prise dans les embouteillages, et le trajet qu'ils devaient effectuer le long de la Dixième Avenue prit beaucoup de temps.

— Il nous faudra peut-être attendre jusqu'à ce soir pour aller voir Alice, dit Stephen.

— J'allais suggérer que nous attendions, de toute façon, répondit Suzanne. Je n'ai pas l'intention d'entrer en compétition avec ma mère.

— C'en est une, pourtant !

— Je refuse de jouer ce jeu-là. Tu l'as entendue, à l'église ? Elle racontait à John toutes les anecdotes concernant Alice comme si elles lui étaient arrivées à elle-même. Alors qu'elle n'est quasiment jamais venue la voir ! Tu peux parier qu'à partir de maintenant, elle va se tenir à son poste… Tout au moins jusqu'à ce que l'attribution de la garde ait été effectuée.

— Oui, je suis tout à fait de cet avis.

— Je ne veux pas marquer des points en cherchant à impressionner qui que ce soit. Ce n'est pas dans ce but que j'ai passé toutes ces semaines à côté du berceau d'Alice.

— Je le sais, Suzanne.

— Je voulais simplement l'aider à vivre. La *forcer* à vivre. En lui parlant, en la touchant, pour qu'elle sente mon amour. Je ne la trahirai pas, ni moi-même d'ailleurs, en instaurant un marathon.

64

La voix de Suzanne était devenue rauque sous l'effet de l'émotion, et elle ne put empêcher une larme de rouler le long de sa joue. Stephen la vit et la recueillit du bout du doigt. Il ne toucha sa peau qu'un court instant, mais cela fut suffisant pour les plonger tous les deux dans une étrange paralysie. Puis, leurs regards toujours rivés l'un à l'autre, il laissa lentement sa main retomber le long de sa jambe.

La larme essuyée, le danger était passé.

Suzanne put de nouveau respirer librement.

Pas longtemps, néanmoins. La bouche de Stephen vint se poser sur la sienne, délicatement, comme s'il avait peur de l'effrayer, puis elle se fit plus pressante. Ses mains étaient douces et patientes. Suzanne n'avait pas peur du tout. Elle aurait peut-être dû se sentir effrayée, mais cela ne se produisit pas.

Ils s'étaient rapprochés l'un de l'autre sur le siège arrière de la limousine. Les yeux clos, Suzanne sentit la main qui écartait doucement la soie de son chemisier, et savoura ce contact inattendu sur sa peau dénudée. D'un doigt très doux mais savant, Stephen se mit à tracer sur les seins tendus des caresses qui savaient dire sans mots tout ce qu'il souhaitait lui faire comprendre.

Suzanne comprenait. Elle *savait*. Et elle était d'accord. Lorsque Stephen l'attrapa par les hanches pour l'attirer encore plus près de lui, elle se laissa faire, étonnée de voir avec quelle hardiesse elle répondait à ses avances. Il fallut même qu'elle s'accroche aux revers de sa veste, qu'elle enlace sa taille, juste pour éviter de se noyer. Parce que c'est exactement cela qu'elle ressentait en ce moment : elle se noyait. Stephen… sa bouche chaude… son corps solide… telle était la seule réalité de son univers.

La limousine avançait lentement le long de la Cinquante-deuxième rue, arrêtée par plusieurs feux rouges, entourée de gens qui sortaient du travail et se hâtaient en direction du métro. Ils surgissaient autour d'eux, en vagues pressées, au milieu des bruits de moteur, des klaxons, que l'isolation de la voiture transformait en un grondement lointain. Personne ne pouvait voir Stephen et Suzanne. Personne ne savait qu'ils étaient là, qu'ils étaient en train de s'embrasser en plein cœur de la ville et qu'ils ressentaient pareilles émotions.

Stephen fit glisser la manche du chemisier de Suzanne et découvrit l'épaule ronde et douce qu'il caressa du doigt avant de se mettre à l'embrasser. Ses doigts, à présent impatients, écartèrent les bretelles de son soutien-gorge, et la jeune femme se mit à haleter doucement.

— Que c'est bon, murmura-t-il, de te caresser ainsi, de t'entendre respirer comme tu le fais, de sentir tes ongles sur ma peau…

Glissant sa main sous la dentelle de satin, il se mit à dessiner, du pouce, de larges cercles sur la peau sensible qui entourait l'extrémité dressée. Puis il le libéra de son écrin de dentelle et y posa ses lèvres. Suzanne ne put retenir un gémissement, ferma les yeux et se laissa aller sur la banquette de cuir. *Encore… Tout ce que tu veux… Ne t'arrête pas…*

Elle l'aurait dit à haute voix, mais elle était bâillonnée par un baiser qui n'en finissait plus. Les bras noués autour du cou de Stephen, elle éprouvait de nouveau cette étrange sensation : si elle le lâchait, elle risquait de sombrer. Elle avait *besoin* de lui, autant que d'eau et de lumière.

— Nous sommes presque arrivés, Suzanne, dit-il d'une voix plus sourde que d'ordinaire.

Comme au sortir d'un rêve, elle le regardait, un peu hagarde, déçue qu'il l'aidât à rajuster ses vêtements, incapable de cacher le plaisir qu'elle avait pris à ses caresses ni le désir qu'elle avait de lui.

La voiture s'était arrêtée devant un élégant bâtiment de la Cinquième Avenue dont Stephen devait avoir les clés depuis plusieurs jours, puisque ses bagages y avaient déjà été apportés. Le chauffeur vint leur ouvrir la portière et les introduisit dans une entrée luxueuse où ils prirent un ascenseur jusqu'au septième étage. Une fois arrivés sur le pas de la porte, Stephen ouvrit, mais retint sa compagne au moment où elle s'apprêtait à entrer.

— J'aimerais bien respecter la tradition, Suzanne !

Et sans attendre de réponse, il la souleva dans ses bras pour lui faire franchir le seuil, malgré les protestations qu'elle émettait.

Une fois à l'intérieur, il la reposa si légèrement sur le sol qu'elle eut le sentiment d'avoir volé dans les airs comme une ballerine. Intimidée, elle regarda autour d'elle. L'appartement était somptueux, avec ses miroirs précieux, ses tapis luxueux et ses meubles anciens.

Tout à coup, elle eut le sentiment que quelque chose n'allait pas. Et que tout allait de travers, en fait. Elle se tourna vers Stephen, perplexe.

— Je ne comprends pas. Pourquoi vis-tu dans un hôtel bon marché, si tu as les clés de cet appartement ? A qui appartient-il ? Et pourquoi, en visitant mon loft, as-tu laissé entendre que nous y resterions ? Tout cela est insensé, Prince Stephen d'Aragovie, complètement insensé !

— C'est vrai, concéda-t-il en s'appuyant sur le dossier jaune paille du canapé. J'ai besoin de temps pour m'habituer. Je ne suis pas tout à fait à mon aise dans cet élégant décor…

— Explique-moi, car je n'y comprends rien !

— Ma famille n'a pas eu la vie facile. Il se trouve que les choses ont commencé à changer depuis que je suis libre d'utiliser mon titre sans encourir de danger.

— Du danger ?

Lentement, il passa un doigt sur sa cicatrice nacrée.

— A deux reprises au cours des dix années écoulées, des sbires commandités par la mafia russe ont tenté de me tuer. Ils ont même failli réussir.

— Mais pourquoi donc ?

— Parce que je représentais une grande menace pour eux. Ma famille a toujours été très populaire et, malgré les événements, beaucoup d'Aragoviens continuaient à espérer qu'un jour, un prince ou une princesse Serkin-Rimsky reviendrait à la tête de l'Etat. Ma famille pouvant être utilisée comme point de ralliement pour tous ceux qui voulaient se débarrasser du joug des envahisseurs, je représentais pour eux un danger permanent. Si les deux factions rivales n'avaient pas fini par s'anéantir l'une l'autre, j'aurais été obligé de quitter ce pays, car je mettais en danger tous les gens que j'aime.

— Mais tu ne m'as toujours pas expliqué tout cela ! s'exclama Suzanne en faisant un geste circulaire qui englobait l'appartement, ainsi que les superbes vues du parc que l'on avait depuis les fenêtres.

— Mon oncle Alex n'est pas le seul immigré Aragovien à avoir fait fortune aux Etats-Unis, Suzanne. Cet appartement appartient à un autre de mes concitoyens, réfugié ici en 1945, Arkady Radouleau. Celui-ci est maintenant un important marchand d'œuvres d'art, en voyage actuellement avec sa femme Sonia. Il m'a prêté son appartement, mais je n'ai pas eu envie de l'utiliser, à moins d'avoir une bonne raison de le faire.

— Finalement, c'est à ma mère que nous devons d'être ici ! murmura Suzanne.

— Tu vois, reprit Stephen, il faudra que tu t'habitues au fait que beaucoup de gens que tu n'as jamais rencontrés sont prêts à nous aider et veulent notre bonheur.

Suzanne demeura silencieuse malgré toutes les questions qu'elle aurait aimé poser.

— D'ailleurs, reprit Stephen, j'ai du mal à m'habituer à l'idée que je ne suis plus un étudiant démuni, comme au temps où Jodie et moi étions amis.

— Dans mon loft, il te faudra pourtant bien vivre comme un étudiant démuni !

— C'est un style de vie auquel je m'adapte sans problème.

— Tu t'accommodes facilement des changements, n'est-ce pas ?

— J'y ai été entraîné et, finalement, ce n'est pas difficile quand on a un but à atteindre.

— Et quel est ce but ? A part Alice, bien sûr…

Stephen s'était penché pour prendre la valise de Suzanne et n'avait pas entendu. A moins qu'il n'eût pas souhaité répondre… Il se dirigeait maintenant vers la grande chambre, apparemment destinée à Suzanne.

Celle-ci eut soudain une vision si nette qu'on aurait dit une photographie. Elle se voyait tout à coup, sous cette couette bleue et blanche, bien au chaud, en train de s'éveiller à côté de Stephen encore endormi, détendu, satisfait. Ils étaient mariés, après tout ?

Oui, mais ils s'étaient mariés pour autre chose que cela !

Et ce que j'éprouvais dans la voiture, cela ne compte pour rien ?

Elle frissonna, puis suivit Stephen dans la chambre. Elle perçut l'éclair qui brilla dans ses yeux au moment où il la regarda s'asseoir sur le lit.

— Je prendrai l'une des autres chambres, déclara-t-il aussitôt, comme pour se protéger.

Ils savaient pourtant tous les deux que cet arrangement ne durerait pas longtemps… Rose avait parlé de coup de foudre d'une façon sarcastique. Cette attraction violente, ce désir qu'elle avait ressenti tout à l'heure, était-ce cela l'amour ?

Allons, aimer un homme qu'on ne connaît que depuis quelques jours, cela n'arrive que dans les contes de fées ! se dit-elle. Certes, mais les princesses aussi n'existent que dans les contes de fées…

Elle n'avait pas besoin d'un prince dans sa vie : un père pour Alice suffirait largement.

Et si Stephen avait déjà commencé à être plus que cela ? A cette pensée, elle ne put réprimer un frisson.

5.

Après avoir mis les bijoux princiers en sécurité dans le coffre mural de l'appartement, Stephen s'était débarrassé de son costume de cérémonie. De son côté, Suzanne avait troqué sa robe en satin blanc contre un jean et un sweater rose vif, et ses chaussures à hauts talons contre des ballerines du même rose. En la trouvant aussi séduisante dans cette tenue toute simple, Stephen comprit qu'il devait se faire vigilant. Le baiser dans la limousine faisait partie de ses plans. En revanche, il n'avait pas prévu l'élan de désir qui lui avait traversé le corps quelques instants plus tôt quand ils s'étaient retrouvés tous deux dans la chambre. L'attirance qu'ils éprouvaient l'un pour l'autre servait parfaitement ses desseins, encore fallait-il qu'elle ne prît pas trop d'importance et qu'il fût capable d'en garder le contrôle à tout moment. Les priorités de son existence étaient claires : l'Aragovie, Alice et son destin, le cœur de tout ce peuple qui espérait encore le retour des membres de la famille royale alors que ceux-ci vivaient depuis quatre-vingts ans comme simples citoyens. Aucune femme au monde ne devait passer avant tout cela.

Pourtant, Suzanne était sa femme. Allait-il dormir avec elle, ce soir ? Ce serait dans l'ordre logique des choses, même s'ils n'en avaient que brièvement discuté. Il devinait son innocence. De toute évidence, aucun homme encore ne l'avait émue. C'est cela surtout qui le contrariait. Il serait facile en effet de coucher avec elle ce soir-là, le lendemain, et toute la semaine prochaine. Etant donné l'ardeur et l'abandon qu'elle avait manifestés dans la voiture pendant qu'il l'embrassait, il savait qu'il réussirait à la combler, qu'il la ferait crier de plaisir, qu'il lui apprendrait avec délices les jeux qu'elle ne connaissait pas. Mais une telle attitude serait-elle honnête de sa part ?

Il haussa les épaules, incapable de répondre, et préféra revenir sur un terrain où les questions étaient simples à résoudre.

— Si nous allions manger quelque part ? Nous pourrions aller voir Alice ensuite.

— Volontiers. Je suis heureuse que tu aies l'intention de venir aussi.

— Comment pouvais-tu en douter ? répondit-il en souriant.

Sur ce, il jeta sur ses épaules sa vieille veste en cuir, celle à laquelle il était attaché parce qu'elle lui rappelait une époque de sa vie où tout était beaucoup plus simple. C'était le bon vieux temps, alors, l'époque où il ignorait les responsabilités.

— Je vais chercher un vêtement moi aussi, déclara Suzanne.

Stephen prit les clés qu'il avait posées sur la petite table de bois de rose de l'entrée tout en déplorant cette idée. *Je préférerais continuer à apercevoir la dentelle de ton soutien-gorge à travers les mailles de ton pull,* se dit-il mentalement. Mais il s'abstint de tout commentaire à haute voix. Tout au plus s'autorisa-t-il un juron en russe, auquel il en ajouta un autre en aragovien, cette langue si musicale, apparentée au roumain, que les Russes n'avaient pas réussi à éradiquer après cinquante ans d'occupation. Pour couronner le tout, il en ajouta deux ou trois typiquement américains et se sentit momentanément soulagé.

Après avoir pris le métro jusqu'à la Trente-troisième Rue, ils s'arrêtèrent dans un petit restaurant. Ni l'un ni l'autre ne fut très bavard au cours du repas, sans que cela fût pesant pour autant. Stephen regardait Suzanne assise en face de lui et remarqua la fatigue qui se peignait sur son visage. Elle venait de vivre des semaines difficiles. Les fréquentes visites à l'hôpital, le manque de sommeil, ainsi que la tension nerveuse liée à l'avenir d'Alice et au sien propre avaient marqué ses traits. Elle avait dû faire face à cela toute seule, et Stephen se demandait comment elle avait réussi à jongler avec ses horaires de travail à la bibliothèque pour réussir à remplir toutes ses tâches. Les petites corvées du quotidien, telles que faire les courses ou la lessive, prenaient également beaucoup de temps dans une journée remplie comme la sienne. Il n'y avait donc rien d'étonnant à ce que son appartement fût aussi nu qu'un hall de gare.

Finalement, Suzanne devait être beaucoup plus solide qu'elle ne le paraissait et qu'il ne l'avait cru au début. C'était son amour pour Alice qui la rendait forte, et sa détermination sans faille. Mais elle ne pourrait pas tenir ce rythme bien longtemps. Bien d'autres, à sa place, auraient déjà baissé les bras.

Il faut que je m'occupe d'elle, pensa-t-il instinctivement. Il faut que je la protège. Que je la chérisse. Si elle l'accepte…

— Tu as l'air soucieux, remarqua Suzanne.

— Toi aussi !

Elle éclata de rire, puis, des doigts, lissa le pli qui lui barrait le front quelques instants plus tôt.

— Je crois que j'ai perdu l'habitude de ne pas me faire de souci !

— Cela va peut-être changer, maintenant ? suggéra-t-il doucement.

Hélas, en arrivant à l'hôpital, ils trouvèrent Rose qui sommeillait sur une chaise placée à côté du berceau d'Alice, et le pli soucieux se reforma aussitôt sur le front de Suzanne, plus marqué que jamais.

— J'espérais qu'elle serait partie, à cette heure-ci, murmura-t-elle.

— Est-ce si contrariant qu'elle soit encore là ?

— Quand elle est dans les parages, je deviens comme étrangère à moi-même, ajouta Suzanne tristement.

Tout d'abord, Stephen ne saisit pas ce que sa compagne entendait par là, mais il n'allait pas tarder à comprendre. En les entendant arriver, Rose s'éveilla, s'étira, bâilla et sourit avec la grâce des félins, dont elle avait aussi la cruauté.

— Seigneur ! Il est si tard que cela ?

La pendule accrochée au mur indiquait 20 h 15.

— Il y a longtemps que tu es ici ? demanda Suzanne.

— Je suis venue directement de l'église. Stephen, j'espère que vous vous rappelez mes recommandations : si ma petite fille est malheureuse, je vous en tiendrai pour responsable. Attention !

En fait, la menace ne s'adressait pas seulement à Stephen, et cela n'échappa pas aux jeunes gens.

— Il faudrait que tu ailles manger quelque chose, maman, suggéra Suzanne d'une voix mal assurée.

— Pas question ! Je ne la laisse pas tant qu'elle est éveillée. Pour rien au monde je ne voudrais manquer un seul de ses sourires !

— Elle sourit souvent dans son sommeil et ne reste jamais éveillée plus d'une quinzaine de minutes d'affilée, répliqua Suzanne.

Rose se pencha alors sur le berceau et se mit à faire des grimaces et de petits gestes désordonnés pour amuser le bébé. Sur ces entrefaites, Terri, qui s'occupait d'un enfant dans un berceau voisin, s'avança pour demander :

— Vous voulez la prendre dans vos bras maintenant, Suzanne ?

— Non, je ne crois pas. Pas ce soir. J'aime être tranquille avec elle quand je la tiens contre moi.

Stephen surprit le regard étonné de l'infirmière, qui ne fit pourtant aucun commentaire. Suzanne n'ajouta rien, mais plus Rose se démenait pour attirer l'attention d'Alice, plus sa fille se montrait froide et distante. Quand elle regardait Rose, son visage se fermait complètement, et quelqu'un qui serait arrivé sur ces entrefaites et l'aurait aperçue pour la première fois aurait tout de suite déduit qu'elle n'éprouvait aucun intérêt pour le bébé.

A ce moment-là, un homme grand, plutôt chauve, apparut à l'autre bout de la pièce et s'avança vers eux. Stephen reconnut le Dr Feldman.

— J'étais juste à côté, dans l'unité de soins intensifs ; j'en profite pour faire une petite visite à Alice. Rose, quel plaisir de vous trouver ici ! Je suis content de vous voir aussi, Stephen et Suzanne, ajouta-t-il derrière ses lunettes, dont les verres reflétaient les lampes du plafonnier.

— Trois visites à la fois ! intervint Terri. On voit qu'Alice va bientôt nous quitter...

Pour quelle destination ? Personne n'aborda le sujet.

— Je vais la prendre dans mes bras ce soir, Michael, déclara Rose. Il faut que j'apprenne à connaître tout le matériel qui lui est nécessaire.

— Entre le masque à oxygène et le moniteur qui contrôle sa respiration, c'est assez compliqué, en effet, commenta Suzanne.

Tout à son numéro de grand-mère consciencieuse, Rose avait à peine écouté.

— Tu es sûre que tu ne veux pas la tenir toi aussi, ma chérie ?

— Non, je crois que ce serait trop de stress pour elle, et je ne veux pas qu'elle ait encore une crise d'apnée, répondit Suzanne d'une voix blanche, parfaitement impersonnelle, à mille lieux de la douceur qui lui était habituelle.

Puis, se tournant vers Stephen, elle ajouta :

— Il faut que nous partions, maintenant, n'est-ce pas ? Je suis contente de vous avoir vu, docteur Feldman.

— Vous êtes venus tous ensemble ? demanda ce dernier.

Suzanne se mit à bredouiller :

— Euh... je... Nous nous sommes rencontrés ici.

74

Rose ne manqua pas de tirer avantage de ce qui était, au mieux, un aménagement de la réalité. Elle éclata d'un petit rire satisfait.

— « Rencontrés » ! lança-t-elle. Ces deux tourtereaux se sont mariés aujourd'hui, Michael. Je crois qu'il s'agit d'un cas de coup de foudre particulièrement aigu, étant donné qu'ils se sont *rencontrés* seulement la semaine dernière…

— Maman, je t'en prie, tu ne vas pas recommencer, coupa Suzanne d'une voix enrouée par la contrariété. Je ne veux pas que le Dr Feldman s'imagine que…

— Suzanne ! Si je me doutais…, s'exclama le médecin en se tournant vers cette dernière, mais ne sachant trop quelle devait être sa réaction devant cette étrange nouvelle. Félicitations ! se contenta-t-il d'ajouter par une sorte de réflexe de bienséance.

Une fois de plus, Rose s'arrangea pour accaparer la parole.

— Vous vous rappelez ce vieux dicton selon lequel «se marier vite fait pleurer ensuite» ? Il faut croire qu'il n'a plus cours de nos jours. On se plaît, on se marie ! Voilà la philosophie des jeunes, aujourd'hui… Il faut dire qu'il est devenu si facile de divorcer ! Ils savent qu'au moindre problème, le conjoint disparaîtra de leur vie comme par enchantement.

— Tu peux faire autorité en la matière, maman, puisque tu as été mariée trois fois, intervint Suzanne.

A peine eut-elle fini de parler que Stephen la vit se mordre la lèvre. A juste titre, car elle avait mal choisi son angle d'attaque. Il aurait été plus habile de parler franchement au Dr Feldman un peu plus tard, et de lui expliquer qu'ils s'étaient mariés à cause d'Alice, mais qu'ils étaient très optimistes au sujet de leur avenir commun. Après tout, c'était la stricte vérité !

— Parfaitement ! rétorqua Rose avec âpreté. J'ai divorcé une fois, et ce n'était pas mon choix, tu le sais très bien. Ton père nous a abandonnées. Ensuite, j'ai vécu quatorze ans avec mon cher David dont la mort m'a laissée bien désemparée. Si tu es encore mariée à Noël, nous reparlerons de la question ! Que ton mariage soit motivé par l'amour ou par quoi que ce soit d'autre…

— Volontiers ! répondit Suzanne à travers ses dents serrées.

Un silence pesant suivit cet échange à fleurets mouchetés.

Furieuse, malheureuse, Suzanne avait le feu aux joues. Les yeux rougis par la fatigue, elle paraissait à bout de résistance, et hors d'état de prolonger ce genre d'affrontement avec sa mère.

Stephen estima le moment mal choisi pour se lancer dans une explication avec le Dr Feldman. Cet entretien exigerait des prouesses de diplomatie dont Suzanne était bien incapable en cet instant.

— Michael, pourriez-vous trouver un moment, la semaine prochaine, pour me recevoir ? demanda-t-il calmement. J'aimerais vous entretenir d'un certain nombre de questions.

— Bien sûr !

— Et maintenant, je vais reconduire ma femme à la maison. Elle est épuisée et je me fais du souci pour sa santé, annonça-t-il en passant un bras autour de la taille de Suzanne, qui laissa échapper un soupir plaintif.

— Vous allez la mettre au lit, j'imagine…, persifla Rose.

— Exactement, répliqua Stephen, ignorant superbement le double sens des mots prononcés par sa belle-mère.

A côté de lui, Suzanne s'était mise à frémir comme un animal nerveux qui essaie de se libérer de sa laisse, mais il n'avait pas du tout l'intention de la laisser s'échapper. Elle avait besoin de sa force, de son calme, et il les lui donnerait, qu'elle le lui demandât ou pas.

Une fois qu'ils se retrouvèrent dans l'ascenseur, il ne put s'empêcher, toutefois, de lui demander :

— Pourquoi laisses-tu délibérément l'avantage à ta mère ?

— Je ne sais pas me battre contre elle ! répondit-elle, triste et découragée. Elle est mille fois plus habile que moi et sait retourner tous les arguments en ma défaveur. Par exemple ce soir, cette histoire de coup de foudre… Elle réussit toujours à me prendre en défaut. Résultat : je me sens paralysée, idiote, maladroite. Je deviens méchante… Tu as vu toi-même ? Et je t'en prie, ne me demande pas de changer en cinq minutes alors que j'essaie vainement de le faire depuis vingt ans !

— L'enjeu est pourtant de taille !

— Tu crois que je ne le sais pas ? Mais elle me manipule depuis ma petite enfance ! Elle réussit même à me faire confesser des choses que je n'ai pas faites. Quand j'étais petite, c'étaient les biscuits que j'avais soi-disant mangés en cachette, ou le linge que je n'avais pas rangé. Plus tard, c'étaient mes petits copains qu'elle manœuvrait à sa guise.

Suzanne parlait de plus en plus vite et, lorsque les portes de l'ascenseur s'ouvrirent, elles se précipita au-dehors, fébrile, incapable de s'arrêter.

— Mets-toi un peu à la place du jeune homme de dix-sept ans, tout timide et maladroit, qui venait me chercher à la maison… Pendant que je finissais de me préparer, ma mère lui racontait que je n'arrêtais pas de parler de lui et qu'elle sentait qu'il y avait de l'idylle dans l'air. Ou alors, elle lui faisait carrément du charme ! C'est Jill et Catrina, qui s'en sont rendu compte. Pas étonnant que jamais un garçon ne m'ait demandé deux fois de sortir avec lui ! Mais moi, je croyais toujours que c'était ma faute…

— Tu es bien plus forte, maintenant.

— Oui. Mais quand elle est là, je perds tous mes moyens. Je retombe directement en enfance.

— Dans ce cas, pourquoi est-ce que tu continues à la voir ?

— C'est ma mère.

Stephen aurait aimé expliquer à Suzanne qu'il est parfois souhaitable de sortir des vieux schémas, mais la jeune femme n'était pas en état de continuer sur ce sujet douloureux. *Suzanne, il faut pourtant que tu saches que tu es forte ! J'ai besoin que tu en sois persuadée. J'attends tellement de toi…*

Hélas, il aurait été bien trop dangereux, ce soir, de dire une chose pareille. Aussi préféra-t-il demeurer silencieux.

De son côté, Suzanne se taisait aussi, absorbée dans ses pensées. Elle avait déçu Stephen… Il aurait manifestement aimé qu'elle fût plus combative, plus sûre d'elle-même. Pourtant, il lui arrivait souvent de faire preuve de ces qualités, mais elle en était totalement incapable devant Rose. Tout au moins pour l'instant. Très irritée contre elle-même, elle marchait à grandes enjambées, laissant Stephen s'essouffler dans son sillage.

— Tu veux vraiment me semer ? finit-il par demander, au bout d'un moment.

— Je ne vais pas si vite que cela ! répliqua-t-elle impatiemment.

— Je suis désolé de m'être mis en colère. Tu es très fâchée ?

— Oui. Moitié contre toi, moitié contre moi. Tu crois que je n'aimerais pas être capable d'adopter une meilleure stratégie avec ma mère ?

— Tu le voudras avec plus de force si jamais tu perds Alice !

— Cesse de me dire des choses que je sais déjà !

Elle se dirigea sans se retouner vers l'entrée du métro, mais perdit sa chaussure qui venait de rester collée au sol à cause d'un vieux chewing-gum. C'était le genre de situation idiote, à laquelle, en temps normal, elle n'aurait pas prêté attention. Mais ce soir, le moindre incident prenait des allures de drame. Contrariée, elle récupéra sa chaussure, dont la semelle était dans un triste état.

— Attends, regarde un peu à quoi va servir la carte de téléphone que j'avais quand j'étais étudiant ici, lui dit Stephen en la sortant de son portefeuille.

Pendant qu'il l'utilisait pour racler soigneusement la semelle souillée, quelques jeunes gens à l'allure agressive les dépassèrent, les yeux fixés sur le portefeuille que Stephen tenait toujours à la main. Un instant, ils parurent hésiter, puis passèrent leur chemin.

Suzanne comprit que, pour la première fois de sa vie, elle avait à côté d'elle un homme suffisamment fort et impressionnant pour que ce genre de situation ne devînt pas problématique. Quel dommage qu'elle ne pût emprunter à Stephen un peu de sa force, comme on emprunte un manteau un soir de grand froid !

Une fois qu'ils furent assis dans leur compartiment, elle lui demanda :

— Pourquoi conservais-tu aussi précieusement une vieille carte de téléphone ?

— Témoin des jours heureux…, répondit-il. A un moment donné, je pensais que je pourrais rester ici.

— A un moment donné ? Il me semblait que…

— Oui, mais cela me paraît de nouveau envisageable.

— Tu en serais heureux ?

— Je veux ce qui sera le mieux pour Alice. Je crois qu'en fait, j'ai la nostalgie d'une époque où je n'avais d'autre souci que moi-même.

— A moment ou à un autre, nous sommes tous obligés de faire le deuil de cette période. Pour certains, cela arrive plus tôt que pour d'autres, mais nous finissons tous par nous retrouver au même point. Quand on a grandi, rien n'est plus jamais pareil. Même si nous retrouvons la cabane où nous avons joué enfants, elle n'est plus la même…

— On a tout de même la permission de garder quelques souvenirs ?

— Heureusement ! Ce serait folie de ne pas le faire.

— Qu'est-ce que tu as gardé, Suzanne, comme souvenir de ton temps d'insouciance ?

Ce sujet de conversation, peut-être un peu fantaisiste mais infiniment reposant, les occupait encore lorsqu'ils arrivèrent à l'appartement. Pour une fois, ils se parlaient de façon détendue : il n'y avait aucun enjeu en toile de fond et Stephen se sentait détendu plus qu'il n'aurait dû l'être. C'était si tentant de ne plus être sur ses gardes ! Tentant, mais dangereux. Il avait failli commettre un impair, quelques instants plus tôt, en laissant entendre que son installation aux Etats-Unis ne lui paraissait plus possible désormais… Suzanne espérait beaucoup le contraire, et il avait rattrapé la situation en lui disant qu'une telle éventualité lui semblait «envisageable». Il avait donc menti, purement et simplement. Et cela le tourmentait à présent.

Pourtant, il ne pouvait pas se permettre de se torturer la conscience à cause de quelques demi-mensonges ou de généralisations un peu hasardeuses. Oui, il était obligé de leurrer la jeune femme. Il espérait seulement qu'à la fin, elle comprendrait et ne lui en voudrait pas.

Mais que se passerait-il si elle ne comprenait pas ?

Stephen préférait ne pas envisager cette hypothèse. Il avait engagé tout le futur d'Alice en se liant à Suzanne. Peut-être était-ce une erreur ? Peut-être aurait-il dû penser à une alliance avec Rose ? A moins que la meilleure solution n'eût été d'avoir recours à la voie diplomatique, indépendamment de toute question personnelle…

Il n'en savait strictement rien, et se sentait fatigué. Très fatigué. Presque autant que Suzanne.

D'ailleurs, très vite, celle-ci déclara :

— Je sais qu'il n'est pas tard, mais je vais tout de même aller me coucher.

Ce simple mot fit vibrer l'air entre eux.

Ce soir, se dit-il, elle ne me repousserait pas, j'en suis sûr. Et elle serait alors liée à moi par des liens sans pareils. Quand le moment serait venu d'emmener Alice en Aragovie, elle me suivrait de son plein gré, et j'aurais gagné la partie…

Pendant qu'il hésitait ainsi sur la conduite à tenir, Suzanne se dirigeait vers la grande chambre qui avait été prévue pour elle, mais elle ne paraissait pas se presser, s'attardant pour regarder un bibelot sur une commode, ou examiner le détail d'un tableau au mur. Stephen était perplexe. Est-ce qu'elle attendait un geste de sa part ? Il n'avait qu'à traverser la pièce pour la prendre dans ses bras... tout simplement !

Pourquoi pas ?

Quelques secondes plus tard, Suzanne laissait échapper un petit cri étouffé en se nichant contre son épaule. Il lui caressa les cheveux, un peu maladroitement. En fait, ils étaient tous les deux intimidés et effrayés.

Lui, surtout. Elle était exactement ce qui lui manquait, comme lorsqu'on trouve la dernière pièce d'un puzzle qui s'encastre parfaitement dans l'ensemble. Il ne s'attendait pas à pareille chance. Deux semaines plus tôt, il disait encore à ses conseillers qu'il n'était pas question d'envisager son mariage, même pour des raisons politiques. Et voilà que non seulement il était marié, mais qu'en plus, il mourait d'envie d'emmener sa femme au lit.

A quel moment il avait décidé de la suivre ? Il n'aurait su le dire. En fait, il n'avait rien décidé du tout, car ses jambes s'étaient mises en mouvement toutes seules. Et maintenant, il la tenait dans ses bras. Ses lèvres glissaient sur ses cheveux sombres, descendaient vers sa bouche, s'arrêtaient sur les lèvres si douces qu'elle ne lui refusait pas. Il adorait la façon qu'elle avait de s'accrocher à lui, comme si son corps s'envolait dans une chevauchée aussi excitante qu'inconnue.

— Oui, serre-moi très fort, lui dit-il, exultant de la sentir pleine de désir.

Sans un mot, elle le conduisit vers la chambre, le tirant par les mains et l'embrassant à mesure qu'ils se rapprochaient de la porte aux moulures dorées. Ses baisers étaient longs, hardis, sensuels et confiants. Son impatience était d'autant plus touchante qu'elle contrastait avec l'innocence dont elle faisait preuve.

Stephen se souvint alors de ce qu'elle lui avait confié à propos de ses petits copains, et combien elle avait douté d'elle, malheureuse et délaissée. Pourtant, elle était si belle...

— Arrête, Suzanne ! s'écria-t-il tout à coup. Arrête !

Il la prit par les épaules et l'écarta de lui. Les yeux écarquillés, pleins de désir, elle le regardait sans comprendre. A travers son chemisier de soie, il voyait les pointes de ses seins dressées, prêtes à s'offrir aux caresses les plus folles.

— Je… je croyais que…

Tout à coup, elle ne savait plus quelle conduite tenir.

Et lui, comment allait-il expliquer ce revirement sans ajouter une blessure supplémentaire à toutes celles que lui avait infligées Rose depuis sa plus tendre enfance ?

Comment lui dire la vérité ?

Désolé, Suzanne, je te désire, mais je viens à l'instant d'avoir une crise de conscience tout à fait inopportune. Je viens de décider de renoncer au pouvoir que j'aurais sur toi si nous faisions l'amour. Avant de jouir de ton corps, je veux d'abord séduire ton cœur.

Tout à coup, Stephen se détestait. Et, par la même occasion, il détestait aussi son pays, regrettant amèrement le temps où il avait cru qu'il pourrait faire comme Jodie, et renoncer aux six cents ans d'histoire au cours desquels sa famille avait tenu le bonheur du peuple Aragovien entre ses mains.

Depuis quatre ans, il savait que ce n'était pas possible. Il fallait qu'il serve l'Aragovie. Ce désir le pénétrait jusqu'à la moelle de ses os. C'est alors qu'il avait renoncé à une lucrative carrière de médecin aux Etats-Unis pour retourner chez lui. Voici maintenant que Suzanne le tirait dans une autre direction, de plus en plus fort chaque jour.

— Stephen ?

— Je suis désolé, ce n'est pas ta faute, dit-il en s'écartant de la jeune femme.

— Je n'ai jamais pensé que c'était ma faute, répondit-elle d'une voix assurée. Tout au moins, je ne voulais pas le croire, ajouta-t-elle honnêtement. Peux-tu m'expliquer ce qui se passe ?

— Je trouve que… nous allons trop vite.

Seigneur ! Voilà qu'il parlait comme une jeune épousée du grand siècle ! Si Suzanne avait éclaté de rire, il aurait été incapable de lui en vouloir.

Mais Suzanne n'éclata pas de rire. Au contraire, elle ne put s'empêcher de rougir, et se mit à douter d'elle-même, exactement comme il l'avait vue faire sous les attaques de Rose.

— Tu trouves sans doute que les Américaines manquent de pudeur…, hasarda-t-elle.

— Non ! s'exclama-t-il. Pas du tout. Elles sont trop bavardes, peut-être, mais je ne trouve pas qu'elles manquent de pudeur… Elles sont honnêtes avec leur corps, voilà tout.

Stephen se sentait prisonnier du besoin d'expliquer, mais cela déclenchait en lui un cas de conscience dont il se tirait une fois de plus en proférant des banalités.

Encore une fois, je lui mens, reconnut-il. Je me retranche derrière des affirmations qui ne nous concernent pas. Je suis malhonnête…

— Très bien, répondit-elle, les bras croisés contre sa poitrine sur son chemisier fin, comme pour cacher les manifestations du désir qu'elle avait de lui.

— Bonsoir, dit Stephen.

Mais ce n'était pas suffisant. Il fallait lui proposer quelque chose qui serait sans danger, qui serait agréable pour tous les deux, sans arrière-pensée possible.

— Si nous allions faire des courses pour Alice, demain ?

Suzanne sourit, un éclair de malice dans les yeux, plus jolie que jamais.

— D'accord. Tu vas voir un peu ce que c'est qu'une femme américaine… quand elle fait des achats !

— J'en meurs d'envie, répliqua Stephen.

Et c'était vrai !

6.

— Je vois que tu es une femme à qui la nouveauté ne fait pas peur ! remarqua Stephen le jour suivant, lorsqu'ils eurent arpenté les magasins pendant plusieurs heures.

Cette remarque fit rougir Suzanne. Jusque-là, elle avait soigneusement programmé les dépenses qu'occasionnerait l'arrivée d'Alice chez elle. Depuis qu'elle avait trouvé cet emploi de bibliothécaire, elle s'était appliquée à mettre un peu d'argent de côté chaque semaine, malgré les sacrifices que cela imposait. Contrairement à Rose, elle ne voulait pas considérer la fortune de la petite fille comme une réserve dans laquelle elle pourrait puiser à volonté.

Mais après que Stephen eut insisté pour participer aux achats, le budget qu'elle avait si scrupuleusement établi se trouva beaucoup plus confortable, et, comme par magie, elle se sentit tout à coup pleine d'insouciance.

Tant d'émotions l'avaient agitée, ces deux derniers mois ! Pour commencer, il y avait eu l'angoisse de savoir si Alice survivrait, accompagnée de la perte de sa demi-sœur qu'elle n'aurait plus jamais l'occasion de mieux connaître. Puis la frustration de ne pouvoir manifester son amour au bébé en le prenant dans ses bras. Et pour terminer, le souci de savoir qui, en définitive, obtiendrait la garde d'Alice à sa sortie de l'hôpital. Ce qui n'était pas la moindre contrariété…

La proposition de Stephen avait suscité en elle une frénésie d'achats qu'elle ne se serait jamais autorisée s'il ne l'avait pas encouragée à chaque occasion qui se présentait.

— C'est *toi* qui me fais acheter cette balancelle !

— Ton appartement est trop vide, il faut bien le meubler…

— Et ce mobile, tu crois qu'il est nécessaire ?

— Bien sûr ! Nous l'attacherons au bord de son berceau. Il joue la chanson de Lara dans le *Docteur Jivago*. C'est joli comme tout, non ?

— Cette robe est digne d'une princesse…

— Il me semble, répondit doucement Stephen, qu'étant donné les circonstances, une robe de princesse n'est pas du tout déplacée.

— Je l'ai toujours considérée comme une princesse, répliqua Suzanne en serrant contre sa joue la petite robe en dentelle lilas.

Du doigt, elle caressa les broderies de soie qui en décoraient l'empiècement. Comme elle était impatiente de la voir portée par une petite fille en bonne santé, qui rirait et gazouillerait dans cette tenue de fête !

— Quelle chance que tout le tralala qui emprisonne les princesses ne la concerne pas !

— Que veux-tu dire ?

— Je trouve que ce serait horrible qu'elle soit élevée en étant le point de mire de tout le monde, comme c'est le cas de la famille royale d'Angleterre. Comment peut-on avoir l'insouciance d'un enfant si l'on est sans cesse sous le regard des caméras ?

Stephen approuva d'un léger signe de tête.

— Je te comprends, mais les choses ne se passent pas ainsi en Aragovie et, de toute façon, je ne permettrais pas ces intrusions dans la vie d'Alice.

Sa voix paraissait curieusement enrouée, et Suzanne s'étonna de le sentir sur la défensive.

— Je n'avais pas l'intention de critiquer ton pays !

Pouquoi donc se montrait-il aussi susceptible ?

— Bien sûr…, répondit-il en se détendant. Au fait, est-ce que tu t'es décidée pour ce petit pyjama ?

Il le lui tendit, mais elle secoua la tête.

— Ceux que nous avons vus dans le magasin d'à côté étaient tout aussi mignons et coûtaient deux fois moins cher… A vrai dire, je crois que j'ai une overdose d'achats ! Je n'ai jamais dépensé sans compter comme je le fais aujourd'hui, et je crois que cela me monte à la tête. Je me sens toute bizarre !

— Tu ne crois pas que le fait d'avoir sauté le déjeuner y est aussi pour quelque chose ?

Suzanne se mit à sourire.

— J'avais sans doute trop peur que les magasins n'écoulent pendant ce temps tout leur stock d'affaires pour bébé !

— Tu es contente de ce que tu as trouvé ?

— Je suis surtout heureuse de savoir que cette petite fille existe et que je peux la gâter. Même si j'en avais eu les moyens plus tôt, je n'aurais pas osé acheter quoi que ce soit pour elle tant qu'on ne lui avait pas donné l'autorisation de sortir. Mais maintenant que je sais que son berceau et sa table à langer vont arriver à la maison lundi, et que j'ai tous ces paquets à la main, je commence à croire que je n'ai pas rêvé.

— Non, Alice fait bien partie de la réalité.

— Tu vois, c'est un tel bonheur, pour moi, de savoir que je vais pouvoir la tenir dans mes bras quand je le voudrai, sans me soucier des perfusions ni de tous les soins dont elle avait besoin… Peu m'importe qu'elle dorme dans un carton ou qu'elle soit habillée par l'Armée du Salut !

— A la bonne heure ! Pourquoi ne pas en profiter pour retourner tous nos achats ?

— Je ne te conseille pas d'essayer ! répondit Suzanne, faussement menaçante.

Ils riaient encore en retrouvant l'appartement où ils déposèrent une montagne de boîtes et de sacs en papier.

— J'ai commandé le dîner pour 20 h 30, déclara Stephen, mais je te propose de grignoter quelque chose auparavant. Je vais voir ce qu'il y a dans le réfrigérateur d'Arkady et Sonia, pendant que tu ranges les paquets.

Suzanne entreprit avec délices de sortir les petites affaires de leur emballage et d'en enlever les étiquettes. Le pyjama avec des smocks à l'encolure était tout simplement adorable ! Et l'ours en peluche, si doux et tellement attendrissant… Elle était encore occupée à contempler les vêtements destinés à Alice lorsqu'elle sentit le contact frais d'un verre dans sa main.

— Qu'est-ce que c'est ?

— Arkady et Sonia n'ont que des provisions qui commencent par «C» : comme Champagne, Caviar, Crackers…

— Tu crois que tout ceci est bien raisonnable ?

— Parfaitement ! Il nous faut trinquer à l'arrivée d'Alice, non ?

— C'est vrai, nous l'avons suffisamment attendue.

— Et à nous aussi, puisque c'est pour elle que nous avons fait tout cela. Au succès de notre entreprise !

Ils trinquèrent de bon cœur, puis trempèrent leurs lèvres dans leurs coupes. Les bulles du délicieux breuvage eurent tôt fait de monter à la tête de Suzanne. Le sol se mit à tanguer sous ses pieds tandis qu'elle se sentait de plus en plus légère et heureuse. Lorsqu'elle se lova dans les bras de Stephen, elle savait quelle réponse elle allait recevoir. Elle ne se trompait pas.

— Je n'ai plus la force de résister, Suzanne, murmura Stephen d'une voix rauque de désir.

— Ce n'est pas la peine ! Tu ne l'as pas encore compris ?

— Je ne devrais pas, pourtant.

— Pourquoi donc ? Tu as dit que nous saurions quand le bon moment serait arrivé. C'est fait. C'est ce que nous voulons tous les deux. Et qu'est-ce que nous pourrions faire de mieux, pour montrer au Dr Feldman que nous formons une vraie famille pour Alice, si ce n'est d'aller jusqu'au bout de notre projet ?

Suzanne ne se demandait pas si ses paroles étaient trop hardies, ni si c'était le champagne qui la faisait parler aussi librement. Elle en avait bu si peu ! A peine un demi-verre… Non, c'était Stephen qui lui tournait ainsi la tête, Stephen et ses yeux si clairs, Stephen et ses bras rassurants.

— Suzanne…

Il l'embrassait, maintenant. Elle sentait encore sur ses lèvres les bulles de champagne, douces et pétillantes, et sur son visage les doigts de Stephen, tout froids d'avoir tenu son verre glacé.

— Je n'ai pas la force de dire non.

Tout en parlant, il la souleva dans ses bras et la transporta jusque dans la chambre à coucher, sans cesser de la regarder au fond des yeux, comme s'il la mettait au défi de protester. Mais elle n'avait pas la moindre envie de résister ! Bien au contraire, elle se laissait aller au délicieux vertige de voir les gestes de son compagnon répondre à son désir le plus profond.

Car si elle avait eu l'initiative, c'était lui, maintenant, qui avait pris le relais, fort de son expérience d'homme qui connaît la vie. Un petit sourire aux lèvres, il la déposa d'un mouvement souple sur le lit moelleux, d'où elle le regarda se déshabiller sans la moindre honte.

Avec des gestes impatients, il retira son pull gris, dévoilant sa poitrine large et son ventre plat. Puis, comme un gamin de dix ans, il retira ses chaussures de sport sans prendre la peine d'en défaire les lacets.

Ensuite, il retira les escarpins que Suzanne portait et se mit à lui caresser les pieds, de ses mains tièdes. Il les massait doucement, les effleurait, puis il remonta lentement le long de ses mollet avec une lenteur et une assurance qui signifiaient clairement : *Voilà ce que je vais faire sur tout le reste de ton corps.*

88

Incapable de cacher son plaisir, elle se laissa longuement fasciner par le jeu des muscles sur les bras et la poitrine de Stephen. Au bout d'un moment, il se leva pour aller tirer les lourds rideaux damassés, plongeant ainsi la pièce dans une douce pénombre. Assez sombre pour adoucir la nouveauté de ce moment, assez claire toutefois pour qu'elle le vît se débarrasser de son jean et revenir vers elle, plein de désir.

Allongé près d'elle sur le lit, il glissa sa main sous la jupe de Suzanne et commença à caresser la peau douce et sensible des cuisses, avant de remonter jusqu'au chemisier dont il entreprit de défaire les boutons. Il s'embrouilla et sa maladresse le fit rire.

— Excuse-moi, je suis vraiment très mauvais pour cela !

— Pas du tout ! souffla-t-elle, tandis que la paume de la main de Stephen lui effleurait les seins et que la douceur de cette caresse lui coupait le souffle.

Il réussit à dégrafer le soutien-gorge, en fit glisser les bretelles sur ses épaules et le rejeta loin de lui. Elle l'entendait haleter tandis qu'il prenait possession de ses seins. Très vite, elle perdit le contrôle d'elle-même et arqua son corps pour aller à la rencontre de ses caresses, avant de se mettre à gémir et d'attirer le visage de Stephen contre le sien.

Il l'embrassa avec un mélange de sauvagerie et de douceur qui lui fit perdre la tête. Elle laissait ses mains se promener au hasard sur le corps de cet homme qui était maintenant son mari, le touchant, l'explorant, éveillant en lui un désir de plus en plus violent. Le pouvoir qu'elle se découvrait tout à coup la faisait exulter. Oui, elle pouvait le faire geindre et frissonner, elle pouvait s'allonger sur lui et le regarder rejeter sa tête en arrière, arc-bouté de désir. Elle pouvait se laisser embrasser, ou au contraire lui dérober sa bouche pour qu'il vînt la chercher de nouveau. Et quand elle effleurait sa poitrine avec la pointe de ses seins, il crispait ses mains sur ses hanches avec la violence d'un noyé qui s'accroche au radeau salvateur.

— Suzanne, je t'en prie !

— Patience…

— Non, je n'ai plus de patience, mendia-t-il, plus du tout !

Il roula de nouveau mais, cette fois-ci, il se trouva sur elle, et d'abord elle crut qu'il n'en pouvait plus et qu'il ne l'attendrait pas. Cette pensée la faisait brûler au plus secret d'elle-même, à la fois d'impatience et d'appréhension. Qu'allait-elle ressentir quand il se laisserait aller complètement ? Douleur ou plaisir ?

Un instant, il la regarda comme s'il venait d'apercevoir au fond de ses yeux quelque chose d'extraordinaire.

— Suzanne, tu es si belle ! Je veux que cette nuit soit parfaite.

Après cela, plus rien ne comptait. Les expériences maladroites et inabouties qu'elle avait pu faire jusque-là ne l'avaient pas préparée à une désorientation si totale et si voluptueuse. A un moment donné, elle ressentit une petite douleur, vite oubliée. Ne resta plus, ensuite, que le rythme de leurs respirations, les mots qu'ils murmuraient et un ravissement qu'elle n'aurait jamais cru possible. Ils arrivèrent ensemble au summum du plaisir, qui les projeta tous les deux dans un univers où rien d'autre n'existait que les étoiles éclatant sous leurs paupières closes.

Un peu plus tard, tandis qu'ils se reposaient, elle se sentait si heureuse qu'elle ne savait comment exprimer ce bonheur, mais cela n'avait pas d'importance, car Stephen s'était assoupi tout contre elle, en lui tenant un sein. Il paraissait étrangement vulnérable, comme s'il lui avait confié son corps pendant qu'il dormait.

— Quelque chose m'a donné très, très faim ! déclara Suzanne.

— C'est sûrement tout ce shopping, répondit Stephen, heureux d'entendre le ton malicieux qu'elle avait adopté.

90

Il avait un peu redouté d'éprouver des remords, mais cette espièglerie lui fit l'effet d'un cadeau inattendu.

Il était 21 h 30 et ils venaient d'achever le dîner raffiné que Stephen avait commandé en l'honneur de leur lune de miel.

— Prends la dernière profiterolle, suggéra Stephen.

Suzanne tendit sa main vers le plat et dit en plaisantant :

— C'est épouvantable d'avoir à obéir à des ordres pareils !

Puis elle revint au sujet de conversation qui les occupait précédemment.

— De combien d'années ton père était-il l'aîné du père de Jodie ?

Il avait commencé à lui raconter l'histoire de sa famille pendant le repas. Le long et heureux mariage de ses arrière-grands-parents, la mort de son grand-père à Stalingrad en 1943, et le décès de son père en 1979 pendant la campagne d'Afghanistan. Il savait que le moment était venu de lui en dire davantage, mais jusqu'où fallait-il aller exactement ?

— Il n'était pas l'aîné. Au contraire, il avait cinq ans de moins qu'Alex.

— Ah… je me demande bien pourquoi j'avais l'impression que c'était l'inverse, dit-elle.

Un court silence s'interposa entre eux, embarrassé, pour la première fois de la journée.

Je n'ai qu'à ne rien dire de plus, pensa Stephen. *Elle ne fera pas le lien entre ce détail et l'énorme différence qu'il engendre pour l'avenir d'Alice.*

En effet, il n'avait pas donné à Suzanne les éléments qui lui auraient permis de l'établir. Mais cela le mit mal à l'aise. Le compte à rebours de sa conscience était arrivé à son terme.

— Il faut que je te dise quelque chose, Suzanne, commença-t-il sur un ton sérieux qui tranchait avec l'atmosphère détendue de toute cette journée. Il est temps que je te parle, et ce n'est pas facile. Tu peux m'accorder ton attention un moment ?

— Bien sûr.

— Le peuple d'Aragovie vient de voter le retour de ma famille sur le trône.

— Ta famille va revenir au pouvoir ?

Sous le choc de la surprise, Suzanne paraissait atterrée. Un moment, elle demeura silencieuse. Puis elle explosa :

— Alors tu m'as menti, quand tu m'as dit que le fait d'être prince n'avait pas d'importance ! Le souci d'assurer le bonheur d'Alice m'a complètement aveuglée ! J'aurais pourtant dû trouver suspect que tu m'accordes si facilement ta coopération … En fait, tu as profité de moi pour servir tes intérêts !

— Je… je craignais de te faire peur, admit Stephen. Il est vrai que mon rang a de l'importance. L'héritier du trône, homme ou femme, doit être le plus proche par le sang du dernier prince régnant.

— Le dernier prince était Pierre-Christian, dit Suzanne en réfléchissant à haute voix. Tu m'as déjà parlé de lui. Donc, l'héritier le plus direct doit être…

Elle s'arrêta net, paralysée, et Stephen put lire sur son visage à quel moment exact elle avait compris la situation. La profiterole à demi grignotée qu'elle tenait encore s'écrasa entre ses doigts sans qu'elle parût même le remarquer.

— Ce n'est pas toi, n'est-ce pas ? C'est Alice ! Oui, *c'est Alice*. Mais, Stephen, cela change tout !

— Oui, c'est vrai, répondit-il, laconique, persuadé qu'il allait la perdre s'il n'était pas extrêmement attentif à ce qu'il disait.

Il lui semblait qu'une explication complète était la meilleure solution, mais avait-il suffisamment pris d'importance à ses yeux, en lui faisant l'amour, pour qu'elle accepte la réalité ?

— Cela change tout, reprit Stephen en s'efforçant de maîtriser sa voix, car il est fondamental qu'Alice soit élevée selon la tradition aragovienne. Je ferai office de régent et régnerai à sa place jusqu'à ce qu'elle ait dix-huit ans. Ensuite, elle montera sur le trône et agira de sa propre autorité mais, pour cela, il est impératif qu'elle y soit préparée.

— Préparée… comment ?

— Je veux la ramener dès que possible dans mon pays parce que c'est le seul moyen pour elle de gagner le soutien du peuple et de comprendre vraiment les responsabilités qui seront les siennes. Il y a tant à reconstruire chez nous ! Le système éducatif est insuffisant, et les infrastructures presque inexistantes dans certaines régions. Il nous faut rapidement démontrer que le nouveau gouvernement est fort, actif et imperméable à toute corruption.

— Arrête ! cria Suzanne en s'approchant de la fenêtre. Je ne suis pas stupide ! Tu m'as menti. Tu m'as utilisée ! Depuis le début, tu savais exactement ce que tu voulais. Dès le premier jour, tu avais prévu de m'enlever Alice pour en faire ce que tu crois qu'elle doit devenir. Tu veux l'emmener dans le pays que sa propre mère et son grand-père ont rejeté…

— Mais à l'époque, il n'y avait pas d'avenir pour eux, là-bas ! Il y en a un maintenant pour Alice. Et jamais je n'ai eu l'intention de te l'enlever. J'espérais au contraire que…

Mais Suzanne n'écoutait plus.

— Voilà ce que c'est que «la question aragovienne» ! C'est nouveau, n'est-ce pas ? Même le Dr Feldman ne connaît pas toute l'histoire.

— C'est très récent, en effet. Différents types de gouvernements étaient possibles, parmi lesquels un seul incluait le retour au pouvoir de ma famille. Le dernier vote a eu lieu quelques jours à peine avant mon départ.

— Si les résultats n'avaient pas été en ta faveur, tu n'aurais pas eu besoin d'Alice et jamais tu ne serais venu ici !

— Si, je serais venu de toute façon.

— Explique-moi pourquoi !

— Pour la voir. Pour pouvoir envoyer ce petit chausson rose à ma mère.

— Arrête ! cria-t-elle comme s'il venait de la frapper. C'est à ce moment-là que… C'est *la chose* qui m'a poussée à avoir confiance en toi. En fait, cela aussi faisait partie de ta stratégie, n'est-ce pas ?

— Non. Jamais je n'aurais menti pour cela.

— Mais tu m'as menti pour tout le reste ! Tu m'as utilisée…

La gorge de Suzanne était serrée comme dans un étau. Quelques heures plus tôt, elle avait fait l'amour avec Stephen, elle avait vécu avec lui des instants de pure magie. Elle n'était plus la même. C'était pour cette raison, sans doute, qu'elle se sentait si horriblement trahie…

— Le premier jour où je t'ai vu, à une ou deux reprises, j'ai eu le sentiment que tu calculais, que tu ne me disais pas tout. Ensuite, je n'y ai plus pensé, car il se passait tant de choses entre nous…

Comme, par exemple, la puissante attirance qu'ils éprouvaient l'un pour l'autre. Mais au fait, était-elle réellement réciproque, ou bien s'agissait-il seulement d'un élément de la stratégie de Stephen ?

Suzanne doutait de tout, à présent. Stephen avait sept ans de plus qu'elle, et beaucoup plus d'expérience dans tous les domaines. Qui sait s'il n'avait pas fait semblant d'avoir envie d'elle ? Un homme n'a pas besoin d'être amoureux pour faire l'amour à une femme. Peut-être avait-il voulu susciter le désir en elle afin de mieux la manipuler ? Si c'était ce qu'il voulait, il avait parfaitement réussi !

— Je ne veux pas que tu réagisses ainsi, Suzanne.

— Evidemment ! Tu préférerais que je te dise : « Bien sûr, mon amour, tout ce que tu voudras… » Maintenant que tu as couché avec moi, je te laisserai emmener Alice et, si j'ai de la chance, peut-être m'autoriseras-tu à lui rendre visite de temps à autre ? A condition, bien sûr, que je ne bouscule pas le protocole et que je marche dix pas derrière sa poussette en or ! Mais ce n'est pas cela que je veux pour elle. C'est pire encore que ce que ma mère et Perry avaient prévu ! Tu te trompes complètement si tu crois que je vais te l'abandonner parce que tu m'as séduite !

Sur ce, elle quitta la pièce comme un ouragan. Non, il ne la réduirait pas à sa merci ! Ni avec des mots doux, ni avec des baisers.

— Où vas-tu ? demanda Stephen. Reste avec moi. Les choses ne sont pas du tout comme tu les décris… Je ne suis pas celui que tu crois. Plus du tout.

Suzanne se fraya un chemin dans l'entrée, encore encombrée de tous les achats qu'ils avaient faits pour Alice, et attrapa sa veste accrochée au portemanteau.

— Je vais voir Alice. Quand je pense que j'ai passé toute ma journée avec toi au lieu de rester à l'hôpital, cela me rend malade !

Elle claqua la porte derrière elle. Puis elle s'aperçut qu'elle n'avait pas la clé de l'appartement. Peu importait ! De toute façon, elle n'y reviendrait pas. Il était hors de question qu'elle courût une nouvelle fois le risque de se laisser séduire par tout ce luxe. Elle rentrerait chez elle, dans son loft nu et sonore. Elle avait assez d'argent sur elle pour prendre le métro, et le reste n'avait aucune importance.

Il lui semblait que le monde venait de se remettre d'aplomb, après avoir basculé pendant un jour ou deux sans qu'elle le remarquât. Avoir de nouveau les pieds sur terre lui semblait un peu étrange au début, mais c'est ainsi que cela devait être. Forte de cette certitude, elle se hâta auprès de la petite fille.

— Suzanne ! s'exclama l'infirmière de garde en la voyant arriver. J'ai eu peur que vous ne veniez pas aujourd'hui !

— Peur ? Pourquoi ? Quelque chose ne va pas ?

— Non, calmez vous ! Tout va bien. Votre mère a tenu Alice dans ses bras une demi-heure. Elle vient juste de partir. Je voulais pouvoir vous annoncer une bonne nouvelle, c'est pour cela que j'espérais que vous viendriez. Alice a pris cent dix grammes cette semaine et n'a eu que trois apnées depuis hier.

— C'est formidable !

— Le réflexe de succion est bien en place et elle a pris deux biberons avec moi. Je pense qu'elle va pouvoir sortir lundi ou mardi.

— Plus de perfusions ! s'exclama Suzanne.

— Oui. Seulement le masque à oxygène de temps en temps. Vous allez pouvoir la prendre dans vos bras comme n'importe quel bébé, aussi longtemps que vous en aurez envie.

Suzanne avait les larmes aux yeux d'émotion. Alice était encore toute petite, rose comme une crevette. Nichée dans ses bras, elle dormait du sommeil bruyant des bébés, plein de reniflements, de petits cris et de bruits de bouche. Les cheveux noirs avec lesquels naissent la plupart des bébés prématurés étaient presque totalement tombés et, à la lumière, Suzanne apercevait les nouveaux cheveux, couleur d'or pâle.

— Je sais que tu seras une beauté ! *Ma* beauté ! Pas l'otage de la politique aragovienne. Pas la princesse bien dressée de Stephen. Mon bébé à moi !

Elle embrassa le petit crâne parfumé, les petits doigts si fins… Hélas, le bonheur qu'elle éprouvait ne suffisait pas à lui faire oublier son immense déception : le sentiment de sécurité et d'espoir qu'elle avait éprouvé depuis son mariage avec Stephen n'était qu'une illusion.

Et c'est Stephen lui-même qui, une heure plus tôt, l'avait fait éclater en mille morceaux.

7.

De son côté, Stephen était dévoré d'inquiétude. Suzanne était-elle arrivée à bon port ? Prendre le métro aussi tard en plein cœur de New York n'était pas sans danger… Au bout d'un moment, las de faire les cent pas dans l'appartement en se morfondant, il se décida à passer un coup de fil à l'hôpital et fut soulagé d'apprendre que Suzanne était bien en train de s'occuper d'Alice. L'infirmière de garde lui proposa d'aller appeler la jeune femme, mais il refusa, suffisamment rassuré par cette réponse.

Un peu apaisé, il ne cessait pourtant de se reprocher sa maladresse envers Suzanne. S'il lui avait dit la vérité plus tôt, elle n'aurait pu l'accuser de lui avoir menti ni de l'avoir manipulée. Pourtant, est-ce que cela aurait changé quoi que ce fût à la situation ? Certainement pas. Elle aurait tout simplement refusé de l'épouser dès le départ.

Une chose demeurait certaine, c'est que jamais il ne pourrait envisager une entente avec Rose. Elle était trop égoïste, trop dure, trop intéressée. Désormais, son seul recours était la justice ou la diplomatie internationale, mais il faudrait des mois, voire des années, pour déterminer si Alice devait retourner en Aragovie ou rester aux Etats-Unis. Et cela, aux dépens de son bien-être. En tant que médecin, qui avait maintes fois pu constater sur le terrain combien les bébés ont besoin d'un environnement sécurisant, stable et apaisant, il ne pouvait que refuser cette solution. Que la petite fille devînt un enjeu politique était hors de question, alors que ce dont elle avait besoin, ainsi que Suzanne le savait parfaitement, c'était d'amour, et non pas de la couronne d'Aragovie.

Maintenant qu'il la connaissait mieux, il comprenait que, quelle que fût la façon dont il lui aurait présenté la chose, jamais la jeune femme n'aurait accepté l'idée qu'il emmenât Alice dans un pays lointain et inconnu afin de lui donner l'éducation d'une princesse destinée à régner.

Je n'ai jamais pensé agir de cette façon ! Au contraire, j'ai toujours espéré que Suzanne finirait par m'accompagner et que nous ferions de notre mariage quelque chose de respectable, pour le bien-être d'Alice. Oui, depuis que nous nous sommes rencontrés, j'espérais que ce «mariage convenable» souhaité par mes conseillers prendrait un sens bien différent... Est-il possible qu'elle ne le comprenne pas ?

Il n'eut pas le temps de se poser davantage de questions : le téléphone sonna et il se précipita, persuadé que l'infirmière avait transmis son appel à Suzanne et qu'elle le rappelait.

Mais à l'autre bout du fil, ce n'était pas Suzanne. C'était Rose.

— Je souhaiterais parler à ma fille, Stephen, pouvez-vous me la passer ? demanda-t-elle de cette voix trop douce dont elle avait le secret.

Encore plongé dans ses pensées, Stephen répondit sans réfléchir :

— Désolé, elle a quitté la maison.

— Seigneur ! Votre mariage est déjà terminé ?

— Elle est allée voir Alice.

— Et pourquoi n'êtes-vous pas avec elle ? Normalement, les jeunes mariés ne se quittent pas une seconde pendant leur lune de miel !

Stephen décida d'ignorer l'allusion.

— Je viens de m'assurer d'un coup de téléphone qu'elles allaient bien toutes les deux.

— Cela aurait été inutile si vous aviez été à leurs côtés…

— Vous avez raison, Rose, concéda Stephen. Je devrais être avec elle. Elle souhaitait y passer la nuit, mais elle a besoin de se reposer. Si vous êtes en train de suggérer que c'est à moi de la persuader de rentrer, je ne peux qu'être d'accord avec vous. Je vous remercie du conseil !

Sur ce, il raccrocha sans autre forme de procès.

Une heure plus tard, il arrivait à l'hôpital. Il était presque 23 h 30. Le département des prématurés était parfaitement calme, éclairé dans les secteurs où se trouvaient les bébés les plus fragiles, afin d'en faciliter la surveillance, et plus sombre dans celui où se trouvait Suzanne.

En l'apercevant, Stephen laissa échapper un petit cri d'admiration. Un rayon de lumière éclairait la chevelure de la jeune femme qui tenait la petite fille serrée contre son cœur. On aurait dit une Madone à l'enfant. Elle était si belle ! D'une beauté complètement différente de celle qui rayonnait de son visage quand ils avaient fait l'amour, mais qui l'émouvait tout autant.

Plongée dans la contemplation du bébé qu'elle couvait d'un regard très doux, elle ne l'avait pas encore aperçu. Il en profita pour remplir ses yeux de ce spectacle plein de grâce.

Au bout de quelques instants pourtant, il se racla la gorge afin de l'alerter et, aussitôt, elle leva les yeux. Son regard si tendre un instant plus tôt se métamorphosa instantanément, comme il l'avait redouté.

— Ta mère vient d'appeler, dit-il. Elle a été étonnée que tu sois sortie seule. Evidemment, elle en a profité pour émettre quelques hypothèses de son goût au sujet de notre mariage. Cela dit, si tu veux le remettre en question à cause de ce qui s'est passé ce soir…

— C'est une menace ? demanda-t-elle.

Elle parlait à voix basse à cause d'Alice et des autres bébés, mais la tension qu'elle manifestait était plus forte encore que si elle avait crié. Stephen détestait voir sa bouche pincée et son regard si dur. D'autant plus que c'était lui qui en était la cause.

— *Chort vazmi !* laissa-t-il échapper. Comment avons-nous pu en arriver si vite à ce point ?

Irrité, il alla chercher une chaise pour s'asseoir à côté de Suzanne.

— C'est à toi de te poser la question, répondit-elle sèchement.

— Je n'arrête pas d'y penser depuis que tu as quitté l'appartement. Je suis sûr que, de toute façon, tu aurais réagi de la même manière en apprenant la situation d'Alice, que je te l'aie dit dès le premier jour ou que j'aie attendu encore davantage.

— Tu reconnais donc que tu m'as utilisée ? Que tu m'as dit et répété qu'Alice passait en premier quoi qu'il advienne, uniquement pour que je fasse ce que tu souhaitais ?

— Oui, d'une certaine manière, mais je ne t'ai jamais menti à propos de ce qui était important. C'est vrai qu'Alice passe en premier, cela n'a pas changé. Son bien-être et l'amour dont elle a besoin sont toujours mes priorités. Je constate seulement que tu ne sembles plus d'accord pour continuer avec moi, et que tout ce que j'ai fait m'a bien peu rapporté…

Après tout, puisqu'elle souhaitait qu'il lui parle en toute franchise, autant lui dire exactement ce qu'il pensait.

— Tu es sans pitié ! s'exclama-t-elle.

Sur ce, elle baissa son visage et se mit à embrasser le crâne du bébé. Stephen eut le sentiment qu'elle essayait de cacher ses larmes, et cette idée lui fit mal au cœur.

— Détrompe-toi, Suzanne. Je me soucie d'Alice, et de toi aussi. Pour rien au monde je ne voudrais que tu sois malheureuse, et je n'ai jamais eu l'intention de te l'enlever. Comment peux-tu penser une chose pareille ? Tu crois que l'amour que tu éprouves envers

100

elle compte pour rien à mes yeux ? Le souhait que j'émets, c'est que tu envisages de faire ta vie en Aragovie toi aussi.

— Faire ma vie en Aragovie ? Et dans quel rôle, s'il te plaît ?

— Celui de mère, évidemment.

— Ce qui ne me dispenserait pas de jouer aussi celui d'*épouse*, n'est-ce pas ?

Il sembla à Suzanne que ce mot lui écorchait la langue au moment où elle le prononçait. Décidément, l'idée d'être mariée à Stephen lui était devenue insupportable.

— Nous pouvons mettre sur pied l'arrangement qui te conviendra le mieux, proposa Stephen, si déçu qu'il en devenait maladroit. Mes conseillers me disent depuis des mois que je dois me marier. En tant que régent, je me dois de mener une vie respectable, mais si nous sommes discrets, tu pourrais…

— Quoi ? Tu me proposes d'avoir des aventures, pourvu qu'elles restent secrètes ? s'exclama Suzanne, des éclairs de colère dans son regard vert. Décidément, je ne compte vraiment pour rien à tes yeux ! Je serais la mère d'Alice — ce qui est bien pratique, puisque même les petites princesses ont ce fâcheux besoin d'être aimées ! — et ensuite, pendant mes heures de liberté, je ferais ce que je veux. De la dentelle au crochet ou l'amour avec quelque bel ambassadeur, pourvu que cela demeure «discret» !

Jamais Stephen n'aurait imaginé qu'il pût y avoir autant de colère dans ce regard, qu'il avait vu si amoureux. Soudain, il explosa :

— Il ne t'est jamais venu à l'esprit que cette histoire marche dans les deux sens ? Toi aussi, Suzanne, tu m'as utilisé ! Tu avais besoin d'un mari. C'était devenu une obsession chez toi. J'ai accepté et, à un moment donné, tu paraissais très satisfaite !

— C'est faux ! Quand je t'ai demandé quelles étaient tes motivations, tu m'as répondu que tu agissais pour le bien d'Alice. Et moi, comme une idiote, je ne me suis pas posé davantage de questions.

— Tu aurais dû ! Tu m'en as menacé, mais elles ne sont jamais venues.

— J'étais si heureuse… Il me semblait que nous allions réussir, puisque nous avions le même but.

— Notre sacrifice ne sert à rien si nous nous disputons. Ta mère n'attend que cela, et elle avait sans doute raison de dire qu'un mariage qui casse quelques jours après avoir été célébré fera bien plus mauvais effet, auprès de Michael Feldman et des juges, que si tu étais restée célibataire.

— Tu crois ?

— Je suis persuadé que c'est le scénario dont elle rêve.

— Je déteste ce mot !

— Cela ne m'étonne pas. Tu es bien trop honnête pour te satisfaire de ce genre de comportement.

— Qu'est-ce que tu cherches à obtenir en me faisant ce compliment ?

— Rien. Cesse de croire que tout ce que je dis ou tout ce que je fais sert en cachette mes propres intérêts. Tu préfères que la décision soit prise par la Cour Suprême ? C'est ce qui arrivera si nous ne nous entendons pas. Quel bien en résultera pour Alice ? Est-ce que tu t'es posé la question ?

Visiblement, Suzanne n'était pas en état de réfléchir à quoi que ce soit, et Stephen se demandait s'il ne payait pas trop cher la sécurité et la prospérité de l'Aragovie.

Puis il se mit à penser à son peuple et au niveau de vie modeste qui régnait là-bas. A la campagne, les maisons étaient sans confort. A la ville, les barres en béton s'alignaient, tristes et mornes, dans le plus pur style soviétique. Les salaires étaient bas, les perspectives d'emploi minimes. Quant aux banques et aux télécommunications, c'était une catastrophe.

102

Pourtant, ce pays offrait aussi de multiples possibilités. Avec ses paysages superbes, ses vins et ses fromages délicieux, ses mines de saphir, il ne demandait qu'à s'offrir au tourisme. On pourrait aménager les montagnes Volztin pour le ski, la rivière Zebruner pour la pêche à la truite...

Il n'y avait pas de raison pour que l'Aragovie demeurât pauvre. Il suffirait de détruire les horribles bâtisses héritées de l'époque communiste pour qu'une ère nouvelle commençât. Le peuple était enthousiaste et plein d'optimisme, les investisseurs étrangers impatients de faire des affaires avec l'Aragovie. A condition toutefois que le nouveau gouvernement fasse preuve de stabilité.

C'est cela qui doit passer en premier. Si je perds Suzanne, si je l'ai blessée, je le regrette profondément, mais cela ne me fera pas changer d'avis. Prendre en compte les sentiments d'une femme, même admirable, même honnête, c'est un luxe que je ne peux m'accorder. Si elle veut que nous divorcions, nous aurons recours aux instances officielles, avec tous les inconvénients que cela représente. Mais je préférerais de beaucoup la convaincre qu'elle aussi a besoin que notre mariage dure...

— Ecoute, dit-il, nous ne pouvons pas continuer si nous ne nous faisons pas confiance. Sais-tu quel jour Alice sera autorisée à sortir ?

— Lundi ou mardi.

— Je te propose de réfléchir jusqu'à cette date et de décider si tu veux ou non restée mariée avec moi.

— C'est à toi aussi de décider ! Pourquoi ne fais-tu pas tout de suite alliance avec ma mère ? Dis-lui que tu l'invites avec Perry à vivre dans un château de conte de fées, que des serviteurs lui obéiront au doigt et à l'œil jusqu'à la fin de ses jours. A ce prix, ils te laisseront faire ce que tu veux d'Alice. Ma mère a toujours pensé qu'elle méritait une vie de princesse. Puisque tu peux la lui offrir d'un simple claquement de doigts, pourquoi n'en profites-tu pas ?

Stephen ignora cette tirade. A ses yeux, elle prouvait seulement à quel degré de fatigue et de tristesse Suzanne en était arrivée : elle ne savait quasiment plus ce qu'elle disait.

— Ma décision est prise, répondit-il calmement. Il est vrai que l'Aragovie a besoin d'Alice, mais Alice a besoin de toi. Tu l'aimes, et c'est cela qui compte. Je refuse de considérer notre mariage comme nul et non avenu tant qu'il reste une chance.

— Je ne veux pas retourner dans cet appartement de la Cinquième Avenue !

— Alors, je te suivrai chez toi.

— Le prince Stephen, régent d'Aragovie, viendrait vivre dans un loft vide et sans confort ? Allons donc, c'est impossible !

— C'est un défi, Suzanne ? Tu n'avais pas l'intention de t'éterniser dans cet appartement. Nous pouvons très bien nous y installer tous les deux en attendant que le jugement soit rendu. Après cela, nous verrons bien…

— Encore un de tes discours temporisateurs !

— Tu ne veux vraiment pas essayer de préserver notre mariage ?

— Si, bien sûr ! Crois-tu que j'aie le choix ?

Oubliant complètement où elle se trouvait, elle avait levé la voix. Une infirmière se mit à la regarder, sourcils froncés, et la petite Alice, qu'elle tenait toujours dans ses bras, se réveilla et se mit à pleurer.

— Tu n'as pas l'air contente, Suzie. Tu ne trouves pas, pourtant, que c'est fabuleux ?

— Si, bien sûr ! Excuse-moi, je suis…

Elle s'arrêta sur sa lancée en constatant que sa demi-sœur, Catrina Brown, la regardait d'un air inquiet. Les deux jeunes femmes se tenaient au milieu de l'appartement de Suzanne, qu'elles venaient de métamorphoser complètement.

Cat avait rapporté du jardin de sa cousine Pixie Treloar une véritable jungle de plantes en pot, placées devant la grande fenêtre où elles profitaient des rayons du soleil. Elle avait aussi apporté plusieurs dessins faits par le fils de Jill, âgé de quatre ans, que Suzanne avait punaisés sur le mur. Ceux-ci formaient une mosaïque colorée que la petite Alice pourrait regarder depuis son berceau. Jill lui avait également donné tout un lot de peluches dont Sam n'avait plus besoin, et elle les avait disposées sur une étagère en attendant qu'Alice pût en profiter.

Pixie et son ami, Clyde Hammond, se trouvaient là aussi, et à eux deux, ils avaient réellement fait des merveilles, l'un avec ses talents de bricoleur, l'autre avec ses dons de couturière. Au lieu d'être seulement tirés sur les côtés, les grands rideaux noirs étaient maintenant utilisés pour diviser l'espace du loft, et Pixie les avait fort artistiquement arrangés en les attachant avec des cordons de couleur pêchés dans ses réserves de tissu. De son côté, Clyde avait confectionné des cadres de bois sur lesquels Pixie avait fixé ses tissages, ce qui constituait des paravents magnifiques. Elle avait aussi cousu un couvre-lit orange vif pour le vieux canapé, qui était ainsi devenu méconnaissable.

Suzanne avait appelé Cat et Pixie la veille pour leur annoncer son mariage. Tant bien que mal, elle s'était débrouillée pour leur dire que ce mariage n'avait eu lieu que dans l'intérêt d'Alice, et que c'était la raison pour laquelle elle n'avait invité personne.

Elle n'était pas sûre de les avoir convaincues, et s'était sentie très soulagée quand Cat avait fait dévier la conversation sur la sortie d'Alice de l'hôpital et sur l'urgence qu'il y avait à transformer ce loft impersonnel en appartement accueillant. Il fallait bien avouer que le résultat était spectaculaire...

Cat et Suzanne venaient de placer les différents paravents de manière à ce qu'Alice, Stephen et Suzanne disposent chacun d'un coin indépendant pour dormir. Clyde avait même apporté, dans son pick-up, un lit pour Stephen. Ce dispositif en disait plus sur son mariage hâtif que Suzanne ne l'aurait souhaité, mais elle n'y pouvait rien ! Un tapis prêté par Pixie finissait de donner une touche chaleureuse à l'ensemble. Certes, ce décor était quelque peu excentrique mais, au moins, il était coloré et sympathique.

— Tu es un peu nerveuse, n'est-ce pas, à l'idée d'avoir Alice sous ton toit ? demanda Cat.

— Oui, c'est vrai.

— Et de vivre ici avec Stephen…

— Oui.

— J'espère faire bientôt sa connaissance ! lança Clyde.

— Cela ne devrait pas tarder, répondit Suzanne.

Parce que s'il ne vient pas s'installer ici, cela signifie que nous sommes divorcés et qu'il va se lancer dans la bataille pour me prendre Alice et lui faire quitter le pays.

Elle préféra garder pour elle ces pensées alarmantes.

Un peu plus tard, une fois seule, elle ramassa les morceaux de tissu qui traînaient sur le sol, et alla se faire un sandwich, satisfaite d'avoir rempli ses placards de provisions et demandé une semaine de congé afin d'être plus disponible pour Alice.

La sonnerie retentit alors, et la voix de Stephen se fit entendre dans l'Interphone. Quelques instants plus tard, elle reconnut ses pas dans l'escalier. Confiants, énergiques. Elle lui avait fait faire une clé le jour même, et cette démarche apparemment anodine était en fait lourde de symbole. Stephen était son mari. Ils avaient couché ensemble. Etait-il devenu son ennemi, désormais ?

Elle lui ouvrit la porte avant qu'il n'eût le temps de frapper et, en apercevant sa large carrure dans l'embrasure de la porte, son cœur se mit à battre trop vite.

— *Vot… Chudoh !* dit-il en pénétrant dans l'appartement. Un miracle a eu lieu sous ce toit !

— Ma sœur, sa cousine et son ami sont venus de Philadelphie aujourd'hui pour me donner un coup de main. Nous avons travaillé toute la journée.

106

— Je vous aurais volontiers aidés, Suzanne.

— Je sais, mais je ne voulais pas que tu sois là.

Le silence de Stephen fut plus éloquent que n'importe quelle réponse à cette remarque. *Que cherches-tu à obtenir en me parlant ainsi ?* demandait le visage qu'il tournait vers elle.

Gênée, elle rougit. Il en profita pour continuer à haute voix :

— Est-ce que nous essayons de recommencer en nous faisant totalement confiance ?

— Je ne sais pas si j'en suis capable, Stephen.

— Essaie. Sinon, il est inutile que je reste.

— D'accord, je vais essayer, répondit-elle en hochant lentement la tête.

Le mardi matin, Terri leur faisait les dernières recommandations avant de leur confier Alice.

— Souvenez-vous que son système immunitaire est encore fragile. Il vous faudra prendre certaines précautions pendant quelques semaines, par exemple lui éviter de se trouver dans la foule. Pardon, madame Wigan, j'ai besoin de préparer ce berceau…, ajouta-t-elle un peu brusquement à l'adresse de Rose, qui avait posé ses mains sur le dessus en plexiglass.

Suzanne fut assez surprise du ton sec adopté par Terri qui, jusqu'à présent, s'était toujours montrée très aimable avec Rose. Il est vrai que cette dernière paraissait être arrivée au bout de ses réserves de patience et ne réussissait pas à dissimuler le fait que la litanie de recommandations l'importunait.

Cette réaction intempestive aida Suzanne à se sentir plus forte, et c'est avec une attention encore plus grande qu'elle écouta les conseils qui l'aideraient à prendre soin d'Alice, en particulier tous ceux qui touchaient au masque à oxygène, encore nécessaire quelques heures chaque jour.

Au bout d'un moment, en voyant le visage soucieux de Suzanne, Terri conclut avec un grand sourire :

— Allons, inutile de vous faire tant de souci ! Cette petite se comportera très bien, j'en suis sûre ! C'est un grand bonheur de voir qu'elle nous quitte en bonne santé.

— J'ai prié pour cela chaque jour, intervint Rose.

— Moi aussi, madame Wigan, rétorqua Terri. Mais souvent, prier est ce qu'il y a de plus facile…

Décidément, Terri et Rose paraissaient être à couteaux tirés, aujourd'hui.

L'infirmière les raccompagna vers l'ascenseur. Une fois qu'ils furent arrivés en bas, Suzanne demanda à sa mère :

— Veux-tu nous accompagner à la maison ?

— Non. En revanche, je veux bien que tu me déposes en ville. Perry et moi changeons d'hôtel aujourd'hui.

— Vous n'étiez pas contents du précédent ?

— Tu crois que nous pouvons nous permettre de rester éternellement dans un hôtel comme le Central Park South ? Nous allons nous installer dans un établissement meilleur marché.

Nouveau changement de stratégie chez Rose… Avait-elle compris que le fait de dépenser l'argent de façon extravagante, en attendant la fortune d'Alice, risquait de ne pas faire très bon effet ?

Avant de descendre de la voiture, Rose retoucha son maquillage et lança négligemment :

— Au fait, nous nous tiendrons prêts pour la rencontre qui aura lieu la semaine prochaine avec Feldman et les représentants de la justice. Ma chérie, j'espère que tu ne crois pas que tout est réglé simplement parce que tu emmènes Alice chez toi… Je suis capable de m'occuper d'elle tout autant que toi, et je le prouverai !

Une fois qu'ils se retrouvèrent en tête à tête, Stephen ne put s'empêcher de demander :

— A ton avis, que faut-il conclure de la menace de ta mère ?

— Rien du tout. Je crois qu'elle a changé de tactique, et qu'elle est persuadée qu'elle a encore toutes les chances d'obtenir la garde d'Alice. Mais j'ai décidé de ne pas m'en soucier. Pour l'instant, c'est nous qui devons nous occuper d'elle, et cela me suffit.

En moins de trois jours, Alice se débrouilla pour prouver qu'un minuscule bébé peut mettre K.O. deux adultes compétents et pleins de bonne volonté.

Elle pleura la nuit, vomit ses biberons, eut les fesses irritées. Elle s'endormait régulièrement dès le début de la tétée, oubliant de prendre son repas. Bien sûr, chaque mercredi et vendredi, au moment où l'infirmière de l'hôpital venait faire sa visite, elle était sage comme une image, souriait et gazouillait en remuant ses petites mains. Mais dès que celle-ci avait le dos tourné, elle se mettait à pleurer ou avait une terrible crise de hoquets qui la secouait des pieds à la tête. En bref, elle était adorable, et les soins presque constants qu'elle demandait avaient obligé Suzanne et Stephen à mettre en veilleuse leurs différends.

Le vendredi après-midi, alors que Suzanne revenait des courses – c'était la première fois depuis le mardi qu'elle sortait de l'appartement –, elle trouva Stephen occupé une fois de plus à faire les cent pas, Alice calée contre son épaule. La petite fille pleurait de toutes ses forces.

L'air affolé, il ne pensa même pas à saluer Suzanne et se contenta d'expliquer :

— J'ai dû faire mes études de médecine en rêve, car cette enfant n'est sensible à aucune de mes compétences !

Il ne s'était pas coiffé, ce matin, ne s'était pas rasé depuis trois jours, exhibait une chemise boutonnée de travers et n'avait pas pris le temps d'enfiler ses chaussures. Devant ce spectacle,

Suzanne se sentit fondre de tendresse. Même dans cette tenue négligée, il était le plus bel homme qu'elle eût jamais vu. Elle ne put s'empêcher de rattraper la couche qui flottait sur l'épaule du malheureux baby-sitter, et faillit lui passer la main dans les cheveux pour les remettre un peu en ordre. Ses doigts se souvenaient à quel point ils étaient doux…

Pourtant, depuis quelques jours, le futur régent d'Aragovie ne jouait pas la carte de la séduction. Il était tout entier préoccupé par les moindres détails entourant le quotidien de la petite princesse.

Il est plein d'attentions…

Suzanne avait beau être encore en colère contre lui, elle ne pouvait s'empêcher de le penser. Elle le pensait à 3 heures du matin, quand il essayait de calmer Alice en lui donnant la sucette, à 7 heures, quand il lui donnait un bain tiède, et le soir encore, quand il commandait un repas chinois avant même qu'elle se fût aperçue qu'elle mourait de faim.

Mais, obstinément, elle continuait à se dire que tout cela ne suffisait pas. Non, toutes les attentions qu'il pouvait déployer ne suffiraient pas tant qu'il aurait en tête un projet politique. Qu'attendait-il d'elle, finalement ? Et qu'offrait-il en échange ? Beaucoup de questions, peu de réponses…

— Il nous faut sortir ! déclara-t-elle alors avec fermeté. Nous commençons à souffrir de claustrophobie, et Alice le ressent. Les enfants ont un talent particulier pour ce genre de choses. Si nous arrivons à nous détendre, elle sera plus calme, elle aussi. Puisqu'il fait beau, allons faire une promenade dans le jardin public.

Il leur fallut une bonne demi-heure pour se préparer à une expédition aussi périlleuse. Stephen se coiffa, et, bizarrement, ses cheveux parurent encore plus en désordre qu'auparavant. Suzanne rassembla biberon et couches, au cas où… Il leur fallut ensuite cinq minutes pour arriver à déplier le landau. Et sur le chemin, ils durent s'arrêter pour arranger la capote, caler les couvertures et contempler Alice chaque fois qu'elle souriait dans son sommeil.

On doit nous prendre pour une famille…, pensait Suzanne. Et en effet, les personnes qui vinrent se pencher sur la petite fille en étaient persuadés.

— Elle a votre front, dit une jeune femme à Stephen.

— Elle a vos yeux, dit plus tard une dame en regardant Suzanne.

Le plus drôle, c'est que tout cela était possible, puisque Alice était reliée à chacun d'eux par le sang.

Ils passèrent une bonne heure dans le parc, en se parlant à peine. Et chaque fois, leur conversation tournait autour d'Alice.

— Tu ne crois pas qu'elle a trop d'air ?

— Regarde ! Elle a pris la moitié de son biberon…

Et de la même façon que les arbres du parc leur donnaient l'illusion d'être à la campagne, leur silence leur laissait croire qu'il n'y avait plus entre eux aucun motif de dissension.

Cette trêve apportait à Suzanne beaucoup plus de bonheur qu'elle n'aurait dû en éprouver. La nuit suivante, pendant qu'elle dormait, Alice couchée dans son berceau à quelques pas d'elle, elle rêva qu'elle se trouvait blottie dans les bras de Stephen. Elle sentait presque le souffle de sa bouche contre ses cheveux, elle se rappelait comment il lui avait caressé les seins, et, lorsqu'elle se réveilla sur le coup de 2 heures du matin en entendant Alice pleurnicher, elle avait les yeux pleins de larmes.

8.

Assise devant la table en fer forgé que lui avait prêtée Pixie, Susanne donnait le biberon de 16 heures à Alice lorsqu'elle entendit des pas dans le couloir et une clé tourner dans la serrure. C'était Stephen, bien sûr.

Elle l'accueillit en fronçant les sourcils, furieuse qu'il se fût absenté toute la journée sans lui dire où il allait.

Sans un mot, il enleva sa veste de costume et l'accrocha au portemanteau. Il avait l'air fatigué et contrarié.

— Où étais-tu passé ? lui demanda-t-elle sur un ton de reproche.

— Je pensais que tu n'avais pas besoin de moi aujourd'hui pour garder Alice, puisque tu n'allais pas à la bibliothèque.

Suzanne avait en effet repris son travail le lundi précédent.

— C'est vrai, mais…

Elle n'avait pas envie de présenter des excuses à Stephen et, en même temps, elle comprenait que son attitude envers lui n'était pas très correcte. Leur mariage étant ce qu'il était, avait-elle le droit de s'attendre à un compte rendu de ses moindres faits et gestes ? Certainement pas !

Elle se radoucit un peu.

— Peut-être pourrions-nous nous laisser un petit mot, la prochaine fois ? suggéra-t-elle. J'aimerais pouvoir te joindre si

Alice était malade, ou si ma mère nous réservait une surprise à sa façon…

— Je suis désolé, répondit-il. J'aurais dû t'en parler, mais je pensais être absent beaucoup moins longtemps que cela. J'ai passé la journée à la banque Rankin pour négocier la vente des bijoux de la princesse Elizabeth.

— Stephen !

Suzanne savait ce que représentaient ces bijoux pour Stephen. Même s'il lui arrivait de détester jusqu'au nom même de l'Aragovie et de souhaiter que ce pays fût rayé de la carte, il lui était impossible de ne pas prêter attention à son air triste et abattu.

— J'ai de bonnes nouvelles, continua-t-il pourtant en se laissant tomber sur une chaise et en desserrant son nœud de cravate.

Avant de parler, il prit une orange dans la coupe de fruits posée sur la table et s'accorda une minute de répit.

— Je vais mettre du café en route, murmura Suzanne en installant Alice dans son baby-relax, à côté d'eux.

— Nous en aurons un bon prix sans avoir besoin de passer par une vente aux enchères, poursuivit Stephen. Rankin avait un client intéressé par cet achat. Je ne sais pas de qui il s'agit, car il avait envoyé un agent pour effectuer la transaction, mais cet homme a fait son travail très consciencieusement.

D'un geste du pouce, il creva la peau de l'orange et se mit à la peler en silence. Une délicieuse odeur acidulée se répandit dans la pièce. A le regarder, manches relevées, en train de savourer le fruit quartier par quartier, on n'aurait jamais deviné qu'il venait de passer plusieurs heures à négocier la vente d'un bijou qui valait plusieurs millions. Ainsi, c'était fait ! Si jamais Suzanne avait espéré qu'en insistant pour rester dans son loft bon marché elle l'aiderait à lui éviter ce sacrifice, elle s'était trompée du tout au tout.

— Tu as eu du mal à arriver à un accord ? demanda-t-elle tout en disposant le filtre en papier dans la cafetière.

— Pas vraiment. Ce courtier était tout à fait correct. En fait, je n'avais pas vraiment envie de vendre…

— Dans ce cas, pourquoi l'as-tu fait ?

Elle connaissait la réponse, mais elle souhaitait encore une fois entendre Stephen lui en expliquer les raisons.

— Je ne vois pas comment j'aurais pu garder ces joyaux, alors que leur vente peut modifier la situation de la santé dans mon pays. L'Aragovie a besoin d'un hôpital moderne. Mon travail de régent me laissera beaucoup de temps libre pour superviser l'avancement des travaux, et je pourrai m'occuper sérieusement de la restauration du palais maintenant que le K.G.B. et le parti communiste l'ont abandonné. En plus de l'aile qui m'a été donnée, il comporte deux cent quarante pièces qui partent à vau-l'eau parce qu'elles ne sont pas utilisées et que personne ne s'en occupe.

— Et dans ton aile, combien y a-t-il de pièces ?

— Je ne sais plus exactement. Trente-cinq ou quarante, je crois.

— Ah… Je vois. C'est à peine un peu plus grand qu'ici ! plaisanta Suzanne.

— Je n'en utilise que quatre, pour l'instant, car il y a énormément d'aménagements à effectuer.

Cette question ne paraissait guère le tracasser. Comme Alice le regardait, de ses grands yeux bleus, mettre un quartier d'orange dans sa bouche, il lui expliqua le plus sérieusement du monde :

— Mmm… C'est drôlement bon ! Mais tu es trop petite pour manger ce genre de choses. Il faut attendre encore un peu.

Brusquement, il leva la tête et, ses yeux bleus brillant de joie, il adressa un sourire inattendu à Suzanne.

— Je vais me faire un plaisir de trouver une raison d'être à toutes ces salles vides !

Suzanne ne put s'empêcher de lui rendre son sourire. Depuis le retour de Stephen, et du fait de sa seule présence, l'appartement paraissait plus vivant, plus chaleureux.

— Oui, ce sera certainement une occupation très agréable, répondit-elle doucement.

Elle l'imaginait déjà, en train de se promener de pièce en pièce, réfléchissant à la destination de chacune d'entre elles. Peut-être même prendrait-il les mesures lui-même ? A moins qu'un décorateur ne l'accompagnât avec ses livres d'échantillons pour discuter de la couleur des rideaux et des meubles qu'il conviendrait d'installer… Il y aurait sans doute une pièce réservée à la musique, une salle de gymnastique, une bibliothèque, des suites pour les invités de marque et des chambres pour une ribambelle d'enfants royaux tendrement chéris.

Suzanne secoua la tête. Mieux valait ne pas continuer sur cette lancée… Qui sait où cela risquait de la mener ? Stephen faisait exprès de lui parler ainsi pour lui donner envie de suivre Alice – Alice et son destin. Elle refusait de tomber dans le piège.

— En ce qui concerne l'hôpital, reprit-il, l'argent des bijoux constituera l'investissement de départ qui permettra de lancer les travaux et d'acheter le matériel de première nécessité.

— Tu penses que la princesse Elizabeth approuverait ce projet ?

— J'en suis sûr.

— Tu la connaissais ?

— Oui, très bien. Elle est morte il y a seulement treize ans. C'était une femme merveilleuse, pleine de courage.

— Tu m'avais dit que tu me raconterais comment les bijoux sont arrivés jusqu'ici…

Sur ces entrefaites, Alice se mit à gazouiller et à agiter ses petits bras, exactement comme si elle aussi avait envie d'entendre la suite. Stephen acheva de manger son orange et alla se laver les mains pendant que Suzanne, debout à côté de la machine à café, attendait de pouvoir emplir les tasses.

115

— Je l'aurais fait plus tôt, dit Stephen en retournant s'asseoir, mais il me semblait que tu refusais d'écouter, dès que je mentionnais le nom de mon pays.

— Peut-être… Je ne sais pas. Tu comprends, pour moi, l'Aragovie est comme un monstre qui s'apprête à dévorer Alice.

— Je t'ai dit cent fois que c'était faux.

— C'est déjà vrai en ce qui te concerne. Je ne parle pas des paparazzi ni du protocole. Tu *appartiens* à l'Aragovie.

Comme il ne répondait rien, elle eut la certitude d'avoir frappé juste. Sur le coup, elle ressentit une satisfaction certaine à s'être montrée aussi perspicace, mais celle-ci fut immédiatement suivie d'un sentiment de regret. Découvrir le point faible de l'autre ne vous rend pas plus fort pour autant ! A cette pensée, un déclic s'effectua dans sa tête. *C'est ainsi que procède maman !* se dit-elle. *Sans cesse elle met le doigt sur mes faiblesses, mais ce n'est pas pour autant qu'elle est forte. En fait, elle n'est même pas forte du tout…*

Cette idée lui fit éprouver une bouffée d'allégresse.

— Raconte-moi…, demanda-t-elle en préparant le plateau du café.

— C'était juste avant la révolution russe de 1917, commença Stephen. Mon arrière-grand-père se trouvait alors en Suisse, et il comprit très vite ce qui allait se passer. Il aurait voulu que mon arrière-grand-mère le rejoigne à l'étranger, mais elle allait accoucher d'un jour à l'autre. Il préféra donc rentrer en Aragovie, et s'organisa pour envoyer à l'étranger la plus grande partie de leurs biens, qu'il avait confiée à des serviteurs.

— Voilà un moyen qui ne me paraît guère sûr…

— En effet, une seule caisse arriva à destination. Elle fut déposée dans une banque suisse. Nous ne savons pas ce qui est arrivé au reste. Il y avait des tableaux, des vêtements, des meubles, des bijoux… Tout cela a sans doute été volé, ou détruit pendant la guerre. La révolution a éclaté avant que la princesse Elizabeth soit suffisamment rétablie pour pouvoir voyager.

— Et le bébé ? Que lui est-il arrivé ?

— C'était une petite fille, qui mourut à la naissance.

— Comme c'est triste…

— Oui. Toute sa vie, Elizabeth a gardé sur elle la photographie du bébé. Maintenant, c'est ma mère qui la possède. Au fait, elle a demandé de tes nouvelles hier au téléphone.

— Je ne tiens pas à ce que ta mère demande de mes nouvelles ! Que lui as-tu dit ?

— Que tu allais bien et que tu te réjouissais des progrès que fait Alice chaque jour.

— Bon. Il n'y a rien à redire à cela. Tu veux continuer ton histoire ?

— Plus tard, Elizabeth et Pierre-Christian envisagèrent de partir dans un pays d'Europe occidentale, mais ils ne purent s'y résoudre. Comme si le fait que tous leurs biens aient été perdus signifiait qu'ils devaient partager le sort du peuple aragovien… A l'époque, d'ailleurs, tout le monde était optimiste.

— Je ne sais rien de tout cela.

— La révolution avait aidé la Russie et l'Aragovie à sortir de la Grande Guerre. Le message communiste était plein de promesses. La nourriture et les soins devaient être offerts à tout le monde. Mes aïeux y ont cru. Et comme ils étaient protégés par les paysans qui les estimaient beaucoup, ils ont échappé aux massacres qui ont éliminé tant de nobles russes et ukrainiens.

— Tout de même, l'époque ne devait pas être facile à vivre…

— Non, en effet. Les désillusions n'ont pas tardé à arriver, mais ils sont tout de même restés, persuadés que tel était leur devoir. Ils n'ont rien dit à propos du coffre suisse, et je pense que mon oncle Alex n'en connaissait pas l'existence quand il est parti en 1957. Mon arrière-grand-mère ne nous en a parlé que très peu de temps avant sa mort, quand l'empire soviétique a commencé à montrer les signes de déclin.

— Mais pourquoi ces bijoux sont-ils arrivés ici au lieu de rester en Suisse ? Il n'y avait pas d'acheteurs, en Europe ? Et qu'y a-t-il dans ces boîtes que nous n'avons pas encore ouvertes ? Pourquoi se trouvent-elles ici ?

— Je les ai apportées avec moi quand je suis venu faire mes études de médecine, il y a dix ans. A l'époque, comme mon oncle, je pensais rester ici.

— Mais tu es reparti dès que tu as terminé ton internat…

Alice se mit à s'agiter. Suzanne avala une gorgée de café, puis la prit dans ses bras et se mit à la bercer d'un geste si naturel qu'elle l'avait fait sans même y penser. La petite fille se calma aussitôt.

— Il fallait que je rentre. J'ai proposé à Jodie de m'accompagner, puisque l'Aragovie manquait cruellement de médecins, mais elle n'a jamais voulu en entendre parler, persuadée qu'elle ne devait rien à ce pays. Voilà ce qui a mis fin à notre amitié, et m'a fait rompre avec la jeune femme que je fréquentais à l'époque.

— Tout cela parce que tu n'as pas voulu rester ici.

— On avait besoin de moi là-bas.

— Tu vois bien que tu appartiens à l'Aragovie…

Stephen se leva brusquement.

— C'est la deuxième fois que tu le dis. C'est vrai. Est-ce donc si terrible, Suzanne, que je me sente attaché à mes ancêtres et à ma terre natale ?

En voyant que le bébé s'apprêtait à pleurer de nouveau, il disposa un mouchoir sur l'épaule de la jeune femme. Suzanne ressentit le contact de ses doigts comme une caresse et détesta qu'il eût encore ce pouvoir sur elle. De même qu'elle détestait tout ce qu'il venait de lui raconter car, malgré elle, cela la rendait plus compréhensive.

Depuis qu'ils étaient un peu plus détendus au sujet d'Alice, le trouble profond qu'elle avait si intensément ressenti pendant leur brève lune de miel resurgissait, plus violent que jamais, comme une force incoercible qui entrait ouvertement en conflit avec son désir de résister à Stephen. Chaque jour, il gagnait du terrain, même si elle refusait de se l'avouer. Son corps parlait à sa place, d'ailleurs. Elle sentait ses jambes faiblir, et ses joues la brûlaient. Elle baissa la tête, vacilla un peu, se rapprochant malgré elle de l'aura magnétique qui l'attirait si violemment.

— Attention, Alice risque de tacher ton joli chemisier ! lui dit Stephen.

— S'il te plaît, ne change pas de sujet de conversation ! réussit-elle à murmurer avant de perdre la tête.

— D'accord. J'appartiens à l'Aragovie, si c'est ainsi que tu tiens à le formuler. C'est mal ? Pourquoi donc ?

— C'est mal parce que cela te rend impitoyable.

« Impitoyable » ? Il n'avait pourtant rien d'impitoyable, en ce moment ! Un mouchoir dans une main, la bouche entrouverte, il essuyait avec de petits gestes tendres le lait qui dégoulinait sur le menton d'Alice. Cachés par ses longs cils noirs, ses yeux paraissaient d'un bleu plus foncé que d'ordinaire. Sa cicatrice ressemblait à un fil d'argent plaqué contre sa joue et Suzanne mourait d'envie d'y poser ses lèvres.

Bien calée contre l'épaule de cette dernière, Alice commençait à s'endormir. Stephen se mit à caresser du doigt le duvet doré qui lui tenait lieu de chevelure, puis s'appuya contre le mur, comme pour barrer le passage à la jeune femme.

— Voyons, qu'est-ce que tu entends par « impitoyable » ? reprit-il en la dévisageant. Est-ce que je suis « impitoyable » quand je me soucie de l'avenir de mon peuple ?

— Tu es impitoyable avec moi ! répéta Suzanne avec obstination.

Leurs regards s'affrontaient. Bleu contre vert. Vert contre bleu. Il se pencha encore un peu, et leurs bouches étaient maintenant toutes proches l'une de l'autre. Elle aurait pu se détourner, s'échapper. Elle ne le fit pas.

— Puisque c'est cc que tu penses, murmura-t-il, autant me montrer à la hauteur de mon horrible réputation et t'embrasser comme que j'en ai envie !

Elle ne fit rien pour l'en empêcher, et la petite Alice dut se sentir bien, blottie entre leurs deux corps, car elle ne se manifesta pas. Quant à Stephen, avec ses deux mains libres, il avait l'avantage sur Suzanne, et il en profita. Il l'attrapa par les épaules et la fit reculer jusqu'à la clouer contre le mur, le souffle court. Son baiser avait le goût de café. Il était doux, mais aussi implacable, plein d'un désir qui paraissait ne jamais devoir être assouvi.

— Je crois que j'adore être impitoyable ! dit-il sans cesser de l'embrasser. D'autant plus que cela ne semble pas te déplaire… Tu vois, si être impitoyable, c'est être fort et passionné, si c'est se fixer un but et le poursuivre de toutes ses forces, alors tu es aussi impitoyable que moi, Suzanne. Je ne souhaite qu'une chose, c'est te faire comprendre que l'Aragovie n'est pas ton ennemie.

— D'accord, l'Aragovie n'est pas mon ennemie. L'ennemi, c'est toi.

— Va coucher Alice et viens au lit avec moi ! Tu verras les choses différemment si nous faisons de nouveau l'amour. Je veux te toucher, je veux entendre tes cris… C'est cela qui compte, Suzanne.

— Oui. Pour moi, c'était ce qu'il y avait de plus précieux. Jusqu'à ce que tu le détruises, ajouta-t-elle à voix basse.

— Je ne l'ai pas fait exprès.

La bouche de Stephen murmurait ces mots tout contre celle de la jeune femme. Tendrement, il lui mordillait la lèvre, celle qui tremblait tout à l'heure quand elle lui parlait. Ses mains descendaient le long du dos, se posaient sur les hanches épanouies et les attiraient contre lui. Il posa une main sur son sein, à travers l'étoffe du chemisier, et se mit à le caresser, à en taquiner l'extrémité.

— Pour moi aussi, c'était ce qu'il avait de plus précieux. Jamais je n'aurais été capable de mentir à propos d'une chose pareille.

— Vraiment ? Tu t'es pourtant bien débrouillé pour me mentir à propos d'autre chose !

Ces mots avaient échappé à Suzanne, mais ils la ramenèrent à la réalité aussi sûrement que si elle avait reçu une décharge électrique. Elle détourna son visage sur le côté.

— Laisse-moi ! s'exclama-t-elle. Arrête ça ! Tu es en train de chercher à me piéger de nouveau.

— Comme tu voudras.

Il recula, mais conserva la main de Suzanne dans les siennes, comme s'il lui était impossible de la lâcher complètement. Ses doigts se mêlèrent aux siens, et il lui caressa le dos de la main.

— Tu n'as pas pu résister, n'est-ce pas ? demanda-t-elle en serrant contre elle, comme un bouclier, le bébé qui dormait toujours. Tu n'as pas pu t'empêcher de me prouver que je te désirais toujours… Eh bien, cette attirance que j'éprouve pour toi ne change strictement *rien,* Stephen. C'est ce que tu refuses de comprendre. Jodie n'a pas voulu sacrifier sa vie à l'Aragovie ; pourquoi sa fille serait-elle obligée de le faire ?

— Parce que tout est différent, maintenant. Bien sûr, ce n'est pas facile. Il n'y a même rien au monde, en ce moment, qui me paraisse plus difficile que cela.

— Alors prouve-moi que tu as raison, au lieu de chercher à m'attirer dans ton lit !

— Mais dans ce domaine aussi, j'ai des preuves à te donner…

— C'est déjà fait, inutile de recommencer. Je meurs d'envie de faire l'amour avec toi, Stephen. Jamais je n'aurais imaginé trembler à ce point de désir pour un homme… Mais ne m'oblige pas à te détester à cause de cela ! N'utilise pas ce désir pour me manipuler.

— Je suis incapable d'une chose pareille !

— Vraiment ? Alors, laisse-moi ! Je vais mettre Alice au lit, et ensuite, j'irai prendre l'air. Oui, j'irai prendre l'air parce que je suis épuisée d'avoir passé toute la journée enfermée dans cet appartement avec un bébé pleurnicheur qui, paraît-il, appartient à l'Aragovie et pas à moi !

Suzanne marcha pendant une heure entière.

Les rues étaient pleines de gens qui rentraient chez eux, et la nuit commençait à tomber. Sans avoir prêté la moindre attention à l'endroit où la menaient ses pas, elle se retrouva dans le jardin public où ils avaient promené Alice la semaine précédente. Mais à cette heure de la journée, il lui parut froid et inamical.

Elle rejoignit donc la Cinquième Avenue, où elle flâna au milieu des boutiques chic et des devantures éclairées. Les bijouteries l'attiraient particulièrement, ce soir, mais nulle part elle ne vit quelque chose qui pût être comparé à la parure de la princesse Elizabeth. Qui donc allait porter ces superbes bijoux, maintenant ? La nouvelle propriétaire saurait-elle apprécier la richesse de leur histoire et l'importance du sacrifice que Stephen avait fait en les vendant ? Non, probablement…

Lorsqu'elle regagna l'appartement, une bonne odeur de nourriture lui flatta les narines. Alice dormait encore. En équilibre sur le bord de l'évier, elle trouva une pizza que Stephen venait de faire livrer et un grand saladier de laitue.

Mais c'est la table elle-même qui attira son regard. Elle avait été soigneusement dressée, avec une nappe en tissu damassé et des serviettes assorties, des couverts en argent et des assiettes en porcelaine à filet doré. Des chandeliers complétaient l'ensemble.

— Qu'est-ce que c'est ? demanda-t-elle, étonnée.

— Une surprise. J'ai pensé que tu serais intéressée. Je viens d'ouvrir les boîtes qui appartenaient à mes arrière-grands-parents.Tu vois, ici, sur la vaisselle et l'argenterie, les armoiries des Serkin-Rimsky ? Il y a aussi des albums de photos et d'autres objets, mais nous regarderons tout cela plus tard.

— Oui, j'en ai bien envie.

Pourtant, elle se tenait en même temps sur ses gardes. Elle attrapa un rond de serviette en argent massif et lut une devise gravée au-dessous des armoiries. « *Bien servir le patrimoine.* »

— Ce n'est pas de l'aragovien…

— Non, c'est du français. Un de mes ancêtres avait épousé une Française qui a traduit notre devise dans sa langue. Cela signifie qu'il faut être à la hauteur de son héritage.

Il tira une chaise et fit asseoir son invitée, fascinée par l'élégance de la table.

— Ce service est sans doute très ancien…

— Il a plus de cent ans, en effet.

— Et nous l'utilisons pour manger une pizza ?

— Oui, cela me fait plaisir. Pizza, madame la princesse ? demanda-t-il en lui présentant un morceau sur une pelle à tarte en argent.

— Merci, Votre Altesse… Stephen ! s'écria-t-elle tout à coup. Je sais ce que tu es en train d'essayer de faire !

— Excuse-moi, ce n'est pas très subtil, mais je tenais à te montrer ce que son héritage peut offrir à Alice.

— Elle serait obligée d'apprendre tous les traquenards du protocole pour faire bonne figure dans les dîners officiels !

— Mais ses ancêtres ne seraient pas seulement des noms sur un arbre généalogique. Il y a beaucoup d'autres choses dans les boîtes : l'alliance et le voile de mariée de la princesse Elizabeth, un hochet en argent, une robe de baptême, un canevas brodé par la mère de Pierre-Christian quand elle était petite, avec pas mal de points de travers… Ma famille était composée de gens qui riaient, souffraient, apprenaient, exactement comme les autres.

— Après le repas, tu me montreras les albums de photos.

— En attendant, si nous allumions les bougies ?

— Sans hésiter ! Je suis sûre que ces couverts en argent estiment qu'il est de leur droit de briller à la lueur des chandelles plutôt que sous un horrible néon.

Stephen se mit à rire, et alluma les deux bougies qui se trouvaient dans les chandeliers en argent.

— Sommes-nous les premiers à manger dans ces assiettes depuis 1917 ? demanda Suzanne.

— Oui, mais je te promets que je les ai lavées ! répondit-il en levant son verre pour trinquer avec elle. Nous sommes les premiers, et j'en suis heureux. C'est ainsi que les choses doivent être.

Suzanne put à peine manger et fut tout à fait incapable de parler, mais cela ne parut pas incommoder Stephen le moins du monde. Il l'avait complètement désarmée, quelques instants plus tôt, en avouant ouvertement ce qu'il attendait de cette démonstration d'élégance. Pour un homme qui l'avait si bien manipulée au début de leur relation, il était devenu plus sincère qu'elle n'aurait osé l'espérer.

Mais moi aussi, j'ai changé ! se dit-elle.

Cette réflexion lui fit peur pour deux raisons. D'abord, ce fut le « aussi » qui l'inquiéta. Est-ce que Stephen avait réellement changé, ou bien avait-il seulement modifié sa tactique ? La deuxième chose fut ce sentiment qu'elle éprouvait d'être devenue différente. Elle était davantage consciente de sa force, elle avait davantage confiance en elle-même. A certains moments, elle commençait presque à prendre du plaisir à leurs disputes !

Par-dessus tout, elle comprenait la profondeur de l'attirance qu'elle éprouvait pour Stephen, et se sentait beaucoup plus à l'aise qu'au début. Ils étaient adultes, tous les deux. Elle pouvait donc éprouver ce désir sans ressentir de honte, et le laisser voir sans se soucier de rien. De toute façon, il était dans l'air, aussi évident qu'un parfum d'encens ou un air de musique…

Après le repas, pendant qu'Alice dormait encore, ils regardèrent les albums de photos et sortirent le contenu des boîtes. La robe de baptême et la robe de mariage étaient toutes les deux confectionnées en dentelle de Calais. Le hochet en argent était si lourd qu'il semblait que jamais Alice n'aurait assez de force pour s'en amuser.

Sur les photos, on voyait un palais en pierre grise, aux murs épais, comme ceux des contes de fées, se dresser sur un fond de montagne et de forêts. Il y avait de beaux jardins à la française et des prairies qui descendaient jusqu'à un lac, des maisons en pierre, serrées les unes contre les autres pour former une petite ville.

Toutefois, beaucoup de clichés étaient plus personnels que ceux-ci. Il y avait des hommes barbus en vêtements démodés, occupés à pêcher, ou qui posaient pour le photographe avec le gibier qu'ils avaient chassé. Des femmes en longues jupes sombres qui riaient en essayant de se livrer à une forme archaïque de ski. Et des portraits de famille, des photos officielles aussi, avec des hommes en uniforme qui se serraient la main. Il y avait également des photos de bébés.

— Voici mon grand-père, Albert, né en 1913.

— Mon Dieu ! Comme il ressemble à Alice ! Tu savais que j'allais le remarquer tout de suite, n'est-ce pas ?

— Oui, c'est pour cela que je te montre ces photos. Mais ne crois pas que tout cela relève pour autant d'une stratégie.

— Si tu m'aidais à trier entre ce qui fait partie de ton plan de bataille et le reste ?

— J'essaie…

Il la fixa longuement, de son regard si bleu. Tout à coup, la confiance en elle qu'elle avait éprouvée un instant auparavant s'évanouit. Elle avait beau lutter de toutes ses forces, cela ne signifiait pas qu'elle avait la moindre chance de l'emporter.

9.

Stephen ne pouvait trouver le sommeil.

Il pensait s'être résigné, depuis quelque temps, à des nuits chaotiques, mais cette fois, c'était différent. Alice avait pleurniché pendant deux heures et, dès qu'elle s'était calmée, Suzanne s'était retirée derrière son paravent. Il ne voulait pas la déranger en allumant la télévision, et pourtant, c'est à peu près tout ce qu'il se sentait capable de faire.

En désespoir de cause, il se dirigea vers le coin cuisine pour boire un verre d'eau, et entendit la jeune femme se déshabiller à quelques pas de lui : le bruit sourd des chaussures tombant sur le sol, le frôlement de la jupe le long de ses cuisses, et, un peu plus tard, le déclic caractéristique d'un soutien-gorge qu'on dégrafe... Son sang se mit à bouillir à l'idée de ce que cela évoquait. Enfin, ce fut le froissement d'un tissu et le grincement des ressorts du lit.

Malgré son habitude de la cohabitation, puisqu'il avait grandi dans un appartement de deux pièces, Stephen se sentait de plus en plus mal à l'aise. Ces bruits familiers n'auraient pas dû le déranger. Et pourtant... Une fois revenu dans son lit, son imagination continua à le torturer. Au cours des nuits morcelées qu'ils avaient passées ces derniers temps, il avait eu à maintes reprises l'occasion d'apercevoir la longue chemise de nuit en fin coton blanc que Suzanne portait pour dormir, et qui lui allait si bien.

126

Quand elle se tenait debout devant la veilleuse d'Alice, l'étoffe devenait presque transparente. Suzanne, qui devait s'estimer très chaste dans cette tenue de pensionnaire, était à mille lieues de se douter du pouvoir de séduction qui émanait d'elle à de pareils moments.

Que se passerait-il si, au lieu de se torturer ainsi, il rejetait tout simplement ses couvertures et contournait ces absurdes paravents pour aller la prendre dans ses bras ? Il saurait se débarrasser de la blanche étoffe en moins de temps qu'il n'en faut pour le dire, et alors, plus rien ne séparerait ses mains de la peau si douce de la jeune femme. De combien de manières différentes pouvait-il s'y prendre pour lui ôter ce vêtement superflu ? En le déchirant d'un coup sec ? En l'attrapant par le col et en tirant jusqu'à ce que les seins soient nus, livrés à ses mains impatientes ?

Stop, stop !

Le front moite, il retourna dans la cuisine et but un second verre d'eau, puis s'aspergea le visage. Le contact avec l'eau fraîche ne le soulagea pas le moins du monde. Désorienté, il finit par aller se recoucher en attendant les cris d'Alice, puisque c'est lui qui s'en occupait entre 2 et 6 heures du matin, afin de permettre à Suzanne de dormir quelques heures d'affilée.

Ils étaient l'un et l'autre très fatigués. Peut-être était-ce pour cette raison qu'il se sentait, tout à coup, très fâché contre Suzanne ? Elle n'y était pour rien, cependant.

Ce n'est pas du tout ce que je voulais en arrivant ici ! marmonna-t-il rageusement. Je ne voulais pas voir les choses du point de vue de Suzanne. Je ne voulais pas me soucier de ses sentiments et je ne voulais pas éprouver de désir pour elle…

Pourtant, il était désormais persuadé qu'il fallait absolument assurer à Alice ce que Suzanne souhaitait pour elle : de l'amour, une vie simple, et la possibilité de grandir à sa façon. Mais pouvait-il promettre cela quand il désirait, lui, avec autant de force, qu'Alice servît son pays ? *Bien servir le patrimoine.* Certes… Mais

Suzanne voulait tout à fait autre chose. Comment concilier des exigences aussi dissemblables ? La jeune femme était persuadée que c'était impossible, et elle avait probablement raison. Voilà ce qui le mettait en colère, à la fois contre elle, contre lui-même, et contre le monde entier !

— Je l'emmène pour une courte promenade, expliqua Rose à Suzanne. Nous serons très prudentes, nous ne parlerons pas aux étrangers, et nous ne mangerons pas trop de bonbons, n'est-ce pas, ma puce ?

Rose paraissait folle de joie de sortir avec sa petite-fille.

— Il ne faut pas lui donner tout son biberon à la fois, sinon elle le vomit…, recommanda Suzanne.

— Tu me l'as déjà dit ! Crois-tu que je vais oublier ? J'irai peut-être lui acheter une robe.

— Le médecin déconseille de l'amener dans des lieux confinés où il y a beaucoup de monde.

— D'accord, nous n'irons pas dans les magasins…, concéda aussitôt Rose, sans se départir de son enthousiasme.

— Et ne vous absentez pas plus d'une heure et demie, parce qu'Alice doit ensuite mettre son masque à oxygène.

— D'accord, d'accord !

Suzanne aida Rose à descendre le landau et le sac, tout en réfrénant sa nervosité. Une fois de retour dans l'appartement, elle décida de mettre à profit ce temps libre pour faire quelque chose d'utile. Mais quoi ? Une sieste ? Elle sentait qu'elle ne pourrait pas dormir. La vaisselle ? Il n'y en avait que pour quelques minutes. La lessive, alors. Depuis qu'Alice était à la maison, le linge sale remplissait des corbeilles entières.

Elle enfila jean et tennis avant de rassembler le linge dans un grand sac. Avant de partir pour la laverie, elle laissa un mot sur la porte pour indiquer l'heure de son retour, au cas où Rose reviendrait avant. Puis elle en ajouta un autre destiné à Stephen, qui était parti rencontrer Arkady Radouleau, suite à un appel téléphonique de ce dernier.

La laverie était bruyante, et il y faisait trop chaud. Suzanne respirait les odeurs lourdes des détergents parfumés en attendant que son cycle de lavage prît fin.

Les yeux fixés sur le hublot, elle songeait que le linge qu'elle voyait tournoyer ressemblait étrangement aux pensées qui se télescopaient dans sa tête.

La semaine suivante serait décisive. Si le tribunal accordait la garde à Rose, elle n'était pas sûre de s'incliner devant cette décision. Est-ce qu'elle contesterait le résultat de la délibération ? Des cas de ce genre avaient traîné pendant des années pendant que les parties opposées se disputaient la garde d'un enfant, telles des petites filles de trois ans se disputant une poupée. Mais parfois, la poupée se brisait pendant ces affrontements…

Je ne peux pas faire courir ce risque à la fille de Jodie. Mieux vaudrait que je laisse maman la garder, en espérant seulement que, malgré sa victoire, elle acceptera que je continue à faire partie de la vie d'Alice. Elle m'a promis qu'elle le ferait mais, hélas, je sais ce que valent ses promesses…

Et Stephen ? Accepterait-il une telle décision ? Certainement pas. Il préférerait porter l'affaire devant le Tribunal international, afin de préserver les intérêts de l'Aragovie.

D'ailleurs, peut-être était-ce la seule issue possible, et peut-être que ni elle ni Rose ne comptaient, dans cette affaire. Il n'y avait pas de place pour le compromis, dans le projet de Stephen.

Elle fourra le linge mouillé dans le séchoir, régla la température de manière à protéger la layette fragile d'Alice et remit tout dans son sac dès que l'appareil s'arrêta, pressée d'aller retrouver Rose et de mettre Alice sous le masque à oxygène. Mais lorsqu'elle arriva, le mot était toujours épinglé sur la porte, et elle ne trouva personne, ni en bas ni dans l'appartement.

Les pas qu'elle attendait avec impatience se firent entendre cinq minutes plus tard, pendant qu'elle disposait le linge encore humide sur le dossier des chaises.

— Maman ! Enfin ! Tu es restée trop…

Elle s'arrêta net quand la porte s'ouvrit. Ce n'était pas Rose, mais Stephen. Très déçue, elle recula d'un pas.

— Tu attendais Rose ? demanda-t-il.

Il portait le costume sombre de leur mariage, si élégant, qui lui donnait une allure de vainqueur. Une sacoche à la main, il paraissait rayonnant. Toute à son inquiétude, Suzanne ne lui demanda même pas pourquoi.

— Oui, répondit-elle.

— Pourquoi es-tu devenue toute blanche ?

— Maman a emmené Alice en promenade il y a une heure et quarante minutes…

— Mais il faut que…

— Je sais. Ce n'est pas encore critique, mais il faut qu'elle revienne bientôt.

— Pourquoi lui as-tu confié Alice ? demanda-t-il en jetant sa sacoche sur la table.

— Pour qu'elle soit bien disposée à notre égard la semaine prochaine, au moment de la décision que prendra Feldman. Si la garde nous est accordée, je redoute qu'elle la conteste, et si c'est elle qui l'obtient, je crains qu'elle ne me laisse plus voir Alice. Ces deux hypothèses me font également peur.

— C'est tout ?

— Non, avoua Suzanne en soupirant. C'est aussi parce qu'elle est ma mère…

Des sanglots lui montèrent à la gorge, secouant violemment ses épaules.

Stephen la prit dans ses bras.

— Allons, elle va bientôt revenir…

Mais une heure encore se passa sans nouvelles.

— Si nous appelions son hôtel ?

— Je ne sais pas où elle loge maintenant.

— Et leur maison à Philadelphie ?

— Si maman a emmené Alice volontairement, si elle l'a… *kidnappée*, c'est bien le dernier endroit où elle sera allée.

Stephen appela tout de même, sans succès.

Immédiatement après, Suzanne le vit former un autre numéro.

— Qui appelles-tu, maintenant ?

— Police secours.

— Nous faisons tout notre possible pour retrouver le bébé, madame Serkin-Rimsky, déclara le détective.

L'utilisation de son nom de femme mariée ajoutait au sentiment d'irréalité qui avait pris possession de Suzanne au cours des dernières heures. Chaque minute qui passait confirmait ses craintes et celles de la police : il s'agissait bien d'un enlèvement.

Le détective chargé de l'affaire avait retrouvé l'hôtel où Rose et Perry étaient hébergés, mais ni l'un ni l'autre ne s'y trouvait. Ils s'étaient renseignés auprès des hôpitaux, mais personne n'avait vu quelqu'un qui correspondît à la description de Rose. La police avait commencé son enquête.

Lorsque le Dr Feldman, qui avait rejoint Suzanne et Stephen, s'inquiéta des soins que Rose était susceptible de donner à Alice, Suzanne prit sa défense.

— Maman ne lui fera aucun mal ! Elle a eu cette idée bizarre à cause de l'attribution de la garde, mais elle aime Alice, j'en suis sûre.

— Oui, mais elle n'aura peut-être pas votre vigilance, Suzanne, répondit le Dr Feldman. Et elle n'a aucun moyen de vérifier si Alice respire normalement.

Suzanne sentit son sang se glacer. Stephen s'approcha d'elle par-derrière, l'enlaça et pressa sa bouche contre la nuque de la jeune femme, qu'il soutenait de toute sa force. Il n'essaya même pas de lui apporter un quelconque réconfort avec des mots. L'un comme l'autre, ils savaient que c'était inutile.

Plus tard, la police se mit à poser des questions pendant que Suzanne servait du café. Il lui semblait marcher au radar, comme absente d'elle-même. Finalement, tout le monde se retira et elle se retrouva seule avec Stephen.

— Si tu essayais de dormir, Suzanne ? Michael Feldman m'a donné un médicament pour toi. Quelque chose de léger, mais qui te permettrait de te reposer un peu.

— Non, je ne veux pas.

Stephen, à présent, l'avait prise dans ses bras.

— Où est-elle maintenant ? demandait Suzanne. J'ai peur… Il y a si longtemps qu'elle n'a pas eu d'oxygène ! Aide-moi, Stephen, parle-moi…

Stephen se mit à l'embrasser. Ses paupières closes, ses cheveux en désordre, ses cils humides de larmes.

— Je ne te quitterai jamais. Jamais ! Essaie de dormir un peu. Quand Alice sera de retour…

Ces mots s'enfoncèrent comme un coup de poignard dans le cœur de Suzanne.

— Non, je ne peux pas dormir.

— Voilà trois mois que tu montes la garde à côté d'Alice. Maintenant, c'est à mon tour de veiller sur toi. Dors dans mes bras, je veillerai en attendant de ses nouvelles.

— Si tu n'étais pas là, je ne sais pas comment je…

— Mais je suis là. Je serai toujours là !

Une nouvelle fois, leurs bouches se rencontrèrent et s'écrasèrent passionnément l'une contre l'autre.

— Je t'aime.

— Je t'aime…

132

Suzanne ne savait pas qui l'avait dit le premier, qui l'avait répété, mais cela n'avait pas d'importance. C'était la seule certitude qui leur restait, au-delà de tous les conflits, au-delà de la peur, au-delà du devoir.

— Je t'aime…, murmura Stephen une nouvelle fois. Dors, mon amour, dors.

Et finalement, Suzanne s'endormit tout habillée sur le canapé, blottie contre la poitrine de Stephen.

Stephen faisait les cent pas dans l'appartement en serrant dans ses mains un mug de café fort et brûlant. Il était presque 3 heures du matin. Depuis longtemps déjà, il s'était levé du canapé sans que Suzanne ne remuât. Puis, avec mille précautions, il l'avait allongée et lui avait retiré ses chaussures, avant de la recouvrir avec la couette à rayures bleues et blanches qu'il était allé prendre sur son lit. Comme elle avait un peu glissé, il s'approcha pour la remonter sur la dormeuse et se remit à arpenter la pièce.

Devant la fenêtre qui donnait sur la rue, il regarda les allées et venues du garage qui se trouvait au rez-de-chaussée. Ses néons étaient la seule source de lumière dans la pièce. Il entendait une machine grincer. Ses pensées allaient et venaient dans sa tête sans ordre, sans but, mais elles finissaient toujours par revenir au même point.

Comment Suzanne va-t-elle réagir si nous perdons Alice ? Je resterai ici le temps qu'il faudra pour la soutenir… Mon Dieu, je ne sais pas ce qui va se produire, mais l'amour qui nous unit est devenu le centre de l'univers pour moi, à présent. Je ne veux pas perdre Suzanne !

Il avala une gorgée de café et se remit à marcher. Ses yeux le brûlaient tant il avait sommeil, ses épaules lui faisaient mal. Quand la sonnerie de l'Interphone retentit, il lui fallut quelques secondes avant de comprendre ce qui se passait. En l'entendant parler, Suzanne se réveilla et se leva aussitôt.

— Qui est-ce ? La police ?

— Je ne sais pas.

Son visage reflétait une anxiété extrême. Si les nouvelles étaient bonnes, on leur aurait téléphoné. Si quelqu'un venait en personne les trouver, c'est sans doute qu'il s'était passé quelque chose de grave.

Déjà, elle s'était mise à sangloter, bien que Stephen la tînt serrée contre lui en répétant : « Suzanne, Suzanne… » Tous deux, paralysés d'angoisse, écoutaient les pas qui montaient les escaliers.

Stephen se dirigea alors vers la porte et l'ouvrit toute grande. Perry se tenait devant lui, Alice dans les bras.

— J'imagine que vous avez dû vous faire beaucoup de souci…, dit-il.

Alice était bleue autour de la bouche, mais vivante. *Vivante !* Suzanne prit aussitôt l'enfant dans ses bras en sanglotant de plus belle mais, cette fois, c'étaient des sanglots de soulagement qui la secouaient.

En hâte, elle amena Alice dans son berceau et disposa le masque à oxygène, tout en s'efforçant de maîtriser le tremblement qui agitait ses mains.

Pendant ce temps, Stephen questionnait Perry.

— Où est Rose ?

— Chez ma sœur June, à Springfield.

— Où ?

— Dans le Massachusetts. Rose m'a appelé vers 19 heures depuis un motel, à Waterbury. Elle avait loué une voiture.

— La police a vérifié les locations au nom de Rose Wigan et Rose Brown…

— Elle dispose toujours d'une carte de crédit au nom de Chaloner. Elle voulait que j'aille la retrouver au motel.

134

— Mais pourquoi là-bas ?

— Je ne sais pas. Elle… elle n'avait pas toute sa tête. Ce n'est pas vraiment une tentative d'enlèvement. En fait, elle voulait prouver à Feldman qu'elle aussi était capable de prendre soin d'Alice. Elle avait l'intention de rendre le bébé en pleine forme dans deux ou trois jours, en disant à tout le monde : « Vous voyez bien ! » C'était complètement fou, naturellement. Elle est… elle n'est pas très bien psychologiquement, c'est évident.

— Une dépression ?

— Sans doute. Quelque chose qui se prépare depuis déjà longtemps. Je me fais du souci pour elle.

Perry avait effectivement l'air très abattu.

Il l'aime vraiment ! se dit Suzanne dans un élan de compassion.

— Entrez, proposa Stephen. Vous avez sans doute bien besoin d'une tasse de café.

— Il m'a fallu beaucoup de temps pour la persuader de renoncer à son idée, poursuivit Perry. Elle ne voulait pas que j'appelle qui que ce soit, elle a même fait disparaître le numéro de téléphone de Suzanne dans les toilettes ! Finalement, elle a accepté que je la conduise chez ma sœur, qui est en train de prendre soin d'elle. Je ne savais pas trop quoi faire…

Il avala d'un trait la tasse de café que Stephen venait de lui tendre, puis continua :

— La petite s'est arrêtée de respirer une fois au motel, et quatre fois dans la voiture. Elle se fatiguait de plus en plus et j'étais terrorisé. Je voyais qu'elle commençait à devenir bleue autour de la bouche.

Il leva un regard inquiet vers Stephen et Suzanne, avant d'ajouter :

— Rose est malade, vous savez. J'espère que vous ne…

— Rassurez-vous, coupa Suzanne, nous n'intenterons pas de poursuites à son encontre.

Elle se tenait debout à côté du berceau, incapable de quitter le chevet du bébé qui, à présent, respirait calmement en dormant. Alice était redevenue rose, ses paupières tremblaient légèrement et, derrière le masque à oxygène en plastique transparent, elle souriait comme un ange.

— Qu'est-ce que vous avez fait pour la faire respirer de nouveau ? demanda Suzanne.

— J'ai un peu apppuyé sur sa poitrine et elle a très vite recommencé à respirer.

— Ces apnées ne durent jamais bien longtemps maintenant, confirma Suzanne. Parfois, il suffit que je lui chatouille les pieds pour qu'elle respire de nouveau ! ajouta-t-elle en riant et en pleurant à la fois.

— J'avais installé son siège à l'avant, à côté de moi, pour pouvoir mieux la surveiller. Je la regardais plus souvent que la route… Seigneur, quelle aventure !

— Perry… Tout va bien, maintenant !

Impulsivement, Suzanne traversa la pièce et vint l'embrasser sur la joue.

Surpris par ce geste inattendu, il resta figé quelques secondes, puis se mit à sourire.

— Tu croyais peut-être que j'avais épousé ta mère à cause de son argent ?

— Jamais je n'aurais…

— Eh bien, tu avais raison ! Les cliniques de chirurgie esthétique constituent des terrains de chasse privilégiés… Mais il s'est ensuite passé quelque chose d'imprévu : je suis tombé amoureux d'elle. Vraiment. Nous nous ressemblons, Rose et moi.

— J'espère que…

— Une dernière chose, qui vous soulagera tous les deux : nous renonçons à demander la garde d'Alice.

— Oh, Perry ! Que je suis heureuse !

— Tu crois qu'elle va bien ? demanda Stephen un peu plus tard, en venant à côté de Suzanne se pencher lui aussi au-dessus du berceau d'Alice.

Il avait contacté le Dr Feldman, qui allait arriver d'un instant à l'autre, ainsi que la police, pour l'informer de la situation. On entendait les ronflements sonores de Perry qui s'était écroulé de fatigue sur le lit de Suzanne. Pour la première fois depuis qu'elle le connaissait, elle était persuadée qu'il dormait réellement.

— Oui, elle a l'air d'être bien remise de son aventure. Regarde-la s'étirer ! Elle est en train de se réveiller.

Stephen prit Suzanne dans ses bras.

— Tu te rappelles ? C'est comme ça que nous avons fait connaissance : en regardant Alice dormir.

— Oui, c'est vrai. Il n'y a pas si longtemps !

— Comme tout est allé vite ! Dès le début, nous avons senti qu'il se passait quelque chose entre nous… Je t'aime, Suzanne. Comment allons-nous nous organiser ? Je n'en sais rien, mais je te promets que je vais faire mon possible pour trouver une solution.

Suzanne leva son visage vers lui. Les yeux bleus de Stephen, si clairs d'habitude, étaient assombris par l'obscurité de la pièce. Instinctivement, elle lui passa la main sur le front afin d'effacer le pli soucieux qui le barrait. Puis elle laissa glisser ses doigts jusque sur les lèvres, dont elle dessina le contour, lentement, amoureusement. Sans un mot, il lui prit la main, en embrassa la paume, puis le poignet.

Et soudain, tout devint simple.

— Nous partirons pour l'Aragovie dès que le médecin autorisera Alice à voyager, déclara Suzanne.

Stephen secoua la tête.

— Non, tu ne l'as jamais souhaité. Ni pour toi, ni pour Alice. Depuis le début, tu luttes contre cette idée. Je ne veux pas te demander un tel sacrifice. Plus maintenant.

— Ce n'est pas un sacrifice puisque nous nous aimons. Plus rien n'est pareil, maintenant.

— Comment cela ?

— L'amour change tout. Je ne voulais pas partir jouer la mère de substitution et l'épouse d'opérette, c'est-à-dire être seulement un rouage dans une machine bien huilée. Je refusais qu'Alice grandisse entre un parent uniquement soucieux de son rôle de princesse et l'autre malheureux et plein de ressentiment.

— Jamais je ne permettrai que tu sois malheureuse !

— Je le sais, maintenant. Tu me l'as prouvé cette nuit. Je ne pouvais pas me laisser aller à t'aimer tant qu'il était question seulement de devoir, de destin, et de cette devise qui me fait peur. Mais ce soir, quand nous nous sommes retrouvés tout seuls, fous d'angoisse à cause de la disparition d'Alice, nous nous sommes raccrochés l'un à l'autre… Est-ce que tu pensais à l'Aragovie, à ce moment-là ?

— Pas une minute !

— Je le savais…, murmura-t-elle.

— Pas une seule minute, et je peux te le prouver ! s'écria Stephen en riant comme un enfant. Suzanne, je vais t'en donner la preuve…

Il l'abandonna brusquement pour se précipiter vers la table de la cuisine, où se trouvait encore la sacoche qu'il avait rapportée la veille.

— Arrête, Stephen ! suppliait Suzanne en riant elle aussi. Je te crois sur parole, tu n'as pas besoin de me prouver quoi que ce soit !

Mais il n'écoutait pas. Ouvrant la sacoche, il se mit à fouiller à l'intérieur. Elle aperçut alors quelque chose de pâle et de lumineux, qui brillait entre les mains de Stephen comme de l'eau sous des rayons de lune.

C'était le collier de la princesse Elizabeth. Il le posa autour du cou de Suzanne, au-dessus de son T-shirt bleu ciel.

— Stephen, je ne comprends pas…

— Tu sais, cet après-midi, quand je suis rentré… Je mourais d'impatience de te mettre au courant. Mais quand je t'ai trouvée, toute pâle, si inquiète, j'ai complètement oublié l'existence de ce cartable. Tu sais qui était le mystérieux acheteur des bijoux ? Arkady Radouleau ! Il en a fait don au musée d'Aragovie pour qu'ils y soient exposés en permanence, et utilisés par la famille royale dans les occasions officielles. Suzanne, tu accepteras de les porter à mes côtés ?

Il actionna le fermoir, le fixa sur la nuque de Suzanne et, suivant de ses lèvres le chemin sinueux tracé par les diamants et les volutes d'or, il y déposa une traînée de baisers.

— Maintenant ?

Il la regarda au fond des yeux.

— Oui, maintenant. Et quand nous nous dirons « Oui » une nouvelle fois dans la cathédrale Sainte-Catherine…

Épilogue

C'était le premier jour de l'année. Les cloches de la cathédrale sonnaient à toute volée, au centre de Braudeburg, la capitale de l'Aragovie. Les monts Voltzin, scintillant de neige, offraient un arrière-plan étincelant à la vieille ville. Les mille cristaux de glace qui brillaient sur les toits d'ardoise donnaient aux maisons de pierre sombre un petit air de gâteau de mariage ou de palais en pain d'épice. Les rues débordaient de décorations de Noël, des guirlandes illuminées habillaient les arbres dépouillés de leur feuillage, et partout, la fête se préparait.

Le Parlement tenait sa première session, afin de ratifier la nouvelle constitution, qui confierait officiellement la régence du pays à Stephen en attendant la majorité d'Alice. On aurait dit que la moitié de la population du pays s'était massée sur le chemin menant du palais à la cathédrale pour attendre le passage de la petite princesse et de ses tuteurs, qui s'apprêtaient à renouveler leurs vœux de mariage.

Revêtue de la robe de soie crème spécialement tissée pour elle en Aragovie, et parée du diadème et du collier de la princesse Elizabeth, Suzanne se tenait à la fenêtre du palais où l'on avait rapidement restauré une suite à son intention. Une prière vint à ses lèvres : *Le ciel fasse que je devienne l'épouse qui convient à Stephen, maintenant et toujours.*

A côté d'elle, ses sœurs, arrivées seulement le matin même à cause des diverses obligations qu'elles avaient au ranch McCall et à la compagnie d'ordinateurs de Patrick Callahan, arboraient des robes longues de soie verte, heureuses de tenir leur rôle de demoiselles d'honneur.

Suzanne les avait bien peu vues, car elle avait dû assister à l'ouverture de la séance du Parlement. Le repas qui avait suivi n'avait pas été propice aux conversations privées. C'est donc seulement maintenant que les trois sœurs se retrouvaient dans l'intimité et que Jill pouvait passer un bras affectueux autour de Suzanne.

Quelqu'un frappa à la lourde porte en chêne avant de pénétrer dans la pièce.

— Milaya, êtes-vous prête ?

— Oh, Natalya, est-ce que je suis en retard ?

Suzanne se pressa vers la mère de Stephen, encore un peu fragile à cause de l'opération qu'elle avait subie quelques mois plus tôt. Mais la tumeur avait été retirée et, chaque jour, elle se sentait un peu plus forte. La jeune femme s'était habituée au mot affectueux que la vieille dame aimait utiliser quand elle s'adressait à elle.

— Un tout petit peu, répondit Natalya, mais c'est ce qui convient ! Il faut y aller, maintenant. Stephen et Arkady doivent attendre à la cathédrale.

Elle embrassa Suzanne et ajouta :

— Je porterai Alice à ta place, mais je ne l'ai pas encore vue dans sa jolie robe !

— La voici ! Toute belle et bien réveillée.

— Oh, mon petit amour ! s'exclama Natalya Serkin-Rimsky, en se penchant vers la petite fille qui était allongée sur un quilt, revêtue d'une robe de soie du rose préféré de sa grand-mère.

A force de gigoter, Alice s'était débarrassée de ses chaussons. Suzanne ne put s'empêcher de sourire lorsqu'elle entendit Natalya les ramasser et dire à la petite fille :

— Je crois que tu n'as plus besoin de cela maintenant !

Moi non plus, pensa Suzanne, *je n'ai plus besoin de petits chaussons roses !*

Alice avait six mois, maintenant. C'était un bébé facile, toujours souriant, heureux de vivre.

Natalya la prit dans ses bras.

— Quelle chance que je t'aie justement apporté des petites chaussures de soie assorties à ta robe ! Comme tu vas être jolie !

— Natalya, est-ce qu'il y a beaucoup de photographes ?

— Oui. Et aussi des reporters, des gardes, des tireurs d'élite pour la sécurité. Mais nous pouvons toujours faire comme si nous ne les voyions pas.

Suzanne se mit à rire.

— C'est ce que j'essaie de me dire, mais ça ne marche pas…

— Autrefois, c'était le K.G.B., l'armée, les malfaiteurs, qui nous servaient d'escorte… Quelques caméras et quelques gardes du corps sont vraiment sans importance ! Il faut relativiser les choses, Suzanne, tu ne crois pas ?

— C'est tout à fait vrai, je vais essayer !

Depuis un mois qu'elle était arrivée en Aragovie, Suzanne ne cessait d'apprendre tout ce qui lui serait utile dans sa nouvelle vie. Elle avait commencé à étudier l'aragovien, et Stephen était très admiratif devant les progrès qu'elle avait accomplis en si peu de temps. Avec son aide, elle avait consulté des décorateurs afin d'aménager les trente-huit pièces du palais. Les autres ailes seraient bientôt transformées en hôpital, comme Stephen le souhaitait depuis si longtemps. Le pays était plus beau qu'elle n'aurait jamais osé l'imaginer, et la mère de Stephen, un trésor bien plus précieux encore que le collier de la princesse Elizabeth.

Aujourd'hui, tout ce dont Stephen avait rêvé se réalisait enfin, et Suzanne connaissait des moments de panique tant elle craignait de ne pas être à la hauteur des multiples responsabilités qui l'attendaient. Mais jamais elle ne doutait de leur amour.

— Mon voile est bien placé ? Mon rouge à lèvres n'a pas débordé ? Ma traîne n'est pas froissée ? Attendez, il faut que je me regarde encore une fois dans le miroir…

Cat et Jill l'aidaient de leur mieux mais, finalement, Natalya mit un point final aux préparatifs :

— Il faut partir, maintenant. Stephen nous attend…

Il attendait en effet, devant l'autel de la cathédrale Sainte-Catherine, quelque peu impatient et nerveux.

— Pourquoi n'arrive-t-elle pas ? demandait-il de temps à autre à Arkady Radouleau, qui était son témoin.

— Les mariées sont toujours en retard.

— Mais la première fois que nous nous sommes mariés, elle était en avance !

— A l'époque, elle n'était pas amoureuse de toi…

A ce moment-là, on entendit l'orgue qui jouait la marche nuptiale et, le souffle coupé par l'émotion, Stephen vit Suzanne s'avancer dans la nef. Ce n'était plus la petite mariée d'il y a trois mois, timide et pâle, qu'il connaissait à peine, mais la femme rayonnante qu'il aimait de toute son âme, belle, courageuse et réfléchie. Elle aimait Alice, elle avait pardonné à Rose — qui était venue des Etats-Unis et se tenait au premier rang avec Perry —, et elle allait faire de lui le plus heureux des hommes.

Une heure plus tard, leurs altesses royales le Prince Stephen et la Princesse Suzanne d'Aragovie quittaient la cathédrale et montaient dans leur calèche, tirée par quatre chevaux gris argent. Ils firent le tour de la ville en présentant la petite princesse Alice, toute souriante, à la foule qui les applaudissait.

— Suzanne, tu me laisseras te rendre heureuse chaque jour de notre vie ? demanda Stephen.

— Oui, répondit-elle simplement.

Rien au monde n'avait plus d'importance que ce petit mot. Alors elle le répéta, des larmes plein les yeux.

— Oui, Stephen, je te le promets.

1.

Le salaud !

Le salaud ! Comment a-t-il osé me faire ça ?

Atterrée, je relis le mail de Jeremy. Non, le doute n'est plus permis. Tout est terminé. Hagarde, je compose le numéro de Wendy…

D'habitude, c'est Natalie qui assure la hot-line téléphonique en cas de catastrophe mineure : augmentation refusée par rédac' chef mal lunée, couleur de cheveux massacrée, numéro de téléphone du livreur de sushis égaré. Mais là, il s'agit d'un drame de force majeure. Un séisme de niveau dix sur une échelle qui n'en compte que neuf.

L'abomination de la désolation.

L'étendue de la tragédie me commande d'appeler immédiatement Wendy, ma directrice de conscience et ma meilleure amie — sorte d'hybride naturel de Gemini Cricket et de mère Teresa.

J'aggrave mon cas auprès de mon employeur par un appel personnel longue distance à New York ? M'en fiche. De toute façon, ma vie est foutue.

D'un agile coup de souris, fruit d'une longue pratique, je réduis la fenêtre de ma messagerie au format confetti, au cas où la rédac' chef passerait son museau par ma porte. Si elle déboule sans prévenir, Shauna-la-Fouine ne verra sur l'écran de mon ordinateur que la page en cours de correction de *Millionnaire, cow-boy et futur papa*, ce chef-d'œuvre de la littérature moderne que je suis censée relire, et non l'acte de pur sadisme que Jeremy vient de m'envoyer de Thaïlande sous forme de mail.

Envoyer ? Non, assener. Direct dans les dents.

— Wendy Smith, annonce celle-ci de sa voix de business woman over-charrette.

— C'est moi.

— Betty ? Tiens, c'est drôle, je pensais justement à toi. Je dois avoir des pouvoirs psychiques ! plaisante Madame Irma, inconsciente du drame qui vient de me fracasser en plein vol, me laissant plus bas que terre, l'âme brisée et le cœur en mille morceaux (c'est une estimation, on n'a pas encore retrouvé la boîte noire).

Pas de temps pour les mondanités, je vais droit au but. J'aboie, au bord des larmes :

— Ton pendule intérieur ne t'a pas prévenue que ce salaud allait rencontrer la femme de sa vie en Thaïlande ?

Et comme si ça ne lui suffisait pas, qu'il m'enverrait un mail pour me décrire ses turpitudes par le menu ? Le salaud ! Je ne lui adresserai plus jamais la parole. S'il m'envoie un nouveau mail, j'appuierai sur la touche « efface » sans même l'ouvrir. S'il téléphone, je lui raccrocherai au nez. S'il se rend compte qu'il ne peut pas vivre sans moi, saute dans le premier vol pour Boston et se rue chez moi avec un diamant gros comme cinq fois son salaire — je veux dire, en supposant qu'il soit capable de gagner un salaire — je lui claquerai la porte au visage.

Bon, peut-être pas tout de suite. Je lui laisserai d'abord une chance de s'expliquer.

C'est que j'aimerais bien ne pas finir vieille fille, tout de même.

— Le salaud ! s'écrie Wendy. Comment a-t-il osé te faire ça ?

Ce qu'il y a de bien avec Wendy, c'est qu'on est souvent sur la même longueur d'ondes.

— Et d'abord, qui est cette fille ?

— Sais pas. Une bimbo quelconque qu'il aura trouvée en cherchant son moi profond. Il me laisse trois semaines sans nouvelles et hop ! un mail pour me dire « salut, comment ça va, moi ça baigne, je viens de rencontrer l'Amour. »

— Quelle horreur, il a vraiment dit ça ?

Je réprime un rire hystérique. Comme si Jeremy était capable d'écrire le mot amour, ou même de le prononcer ! Au fil des années, j'ai fini par formuler l'hypothèse qu'il souffre d'un handicap génétique lui interdisant de combiner les lettres A-M-O-U-R dans cet ordre précis.

Oh, je le déteste !

— Ce n'est pas exactement ce qu'il a écrit. Il dit seulement qu'il veut que je sache qu'il voit quelqu'un.

— Attends… Je croyais que tu lui avais précisé que tu le laissais libre de faire des rencontres ?

— Justement, c'était pour lui donner l'occasion de me rester fidèle.

Ce jour-là, j'ai surtout raté une occasion de la fermer.

Depuis que j'ai lu son mail, je visionne en boucle le film de ses orgies sous les cocotiers en compagnie de beautés thaïes nues et frétillantes. Et au lieu de concentrer la fine fleur de mon intelligence sur *Millionnaire*, j'imagine Jeremy, dopé aux aphrodisiaques, faisant sauvagement l'amour à une déesse hollandaise d'un mètre quatre-vingts style Claudia Schiffer en talons aiguilles et lingerie sexy sur une plage de sable blanc.

Récapitulons. Au départ, Jeremy était supposé partir un mois en Thaïlande pour faire le point et me revenir transi d'amour, les sentiments galvanisés par la séparation, enfin conscient de la profondeur de sa passion pour moi et fermement décidé à consacrer le reste de ses jours — et de ses nuits — à couvrir mon corps nu de baisers torrides en répétant sur tous les tons le mot A-M-O-U-R.

Pourquoi n'a-t-il rien compris ? Ma demande était pourtant limpide !

— Betty, il faut regarder la vérité en face, annonce Wendy, lugubre. Voilà deux mois qu'il roule sa bosse à travers la Thaïlande. A l'heure qu'il est, il a déjà dû coucher avec la moitié du pays. Si tu me lisais ce mail, que je mesure l'étendue des dégâts ?

Répéter ces horreurs à voix haute dans le bureau ? Plutôt crever de dysenterie sur la paille humide d'un cachot thaïlandais !

— Peux pas. Je te le fais suivre, attends une seconde.

D'un clic rapide, j'expédie l'instrument du mal vers l'adresse e-mail de Wendy. *Millionnaire* revient sur mon écran, ni vu ni connu.

— ... là, tu l'as reçu ?

— Oui... un instant, marmonne Wendy, j'ai un autre appel sur la ligne.

Elle me met en attente, et aussitôt, une version instrumentale de *My Way* remastérisée pour ascenseurs m'emplit les oreilles. Un malheur n'arrive jamais seul.

Cette fois-ci je dois pleurer pour de bon car l'écran de mon ordinateur commence à se brouiller, un peu comme quand Jeremy essaie de régler la télévision.

Essayait, puisque je vais devoir m'habituer à parler de lui au passé.

Allons, pensons positif. Pensons joyeux, pensons pétillant ! Pensons pot géant de Häagen Dazs aux noix de pécan devant la vidéo de *Mary Poppins* avec Julie Andrews. Pensons billet de loto gagnant et expédition punitive dans les grands magasins aux rayons des sacs à main, maquillage et lingerie fine, munie d'une carte American Express Gold. Non, achat du grand magasin. Avec les vendeurs masculins, si possible.

Je me sens déjà mieux. L'écran retrouve peu à peu sa netteté. Mais poursuivons notre périple dans les souvenirs heureux… La caresse de Jeremy, quand il dessinait des petits ronds avec son pouce à l'intérieur de mon bras.

Touche « efface ». On recommence.

Le jour où le Pr McKleen m'a donné un dix-huit sur vingt pour ma dissertation sur Edgar Allan Poe. Le jour où on m'a retiré mon appareil dentaire et où je suis restée une heure à me sourire dans le miroir de la salle de bains, ravie de ne plus ressembler à Requin, dans *L'Espion qui m'aimait*. Le jour où ma demi-sœur Iris m'a déclaré qu'elle me considérait comme la fille la plus sexy qu'elle connaisse — Gwyneth Paltrow, en plus jolie.

Allez, tout va bien à présent. Je suis d'une sérénité qui ferait passer le Dalaï-Lama pour une puce sauteuse.

C'est précisément l'instant que choisit Helen, ma voisine de box, pour se pencher par-dessus la demi-cloison qui nous sépare.

Helen est une extraterrestre dotée de superpouvoirs terrifiants, en particulier celui de faire irruption au moment le moins indiqué. Pardon, ce n'est pas possible ? Alors comment fait-elle pour passer sa tête de poule étonnée par-dessus la cloison *juste* quand je viens de me brancher sur *Beauxmecs.com* ? ou pour rôder dans le couloir à l'instant *précis* où j'essaie de me faufiler en douce dans mon box les matins de léger retard ?

Helen est un personnage aussi remarquable qu'exaspérant, qui ressemble un peu à la maman d'E.T. et possède la capacité de nuisance d'un bouton qui vous pousse au milieu du nez pile le jour de la fête de fin d'année, ou de vos règles qui arrivent le matin de la virée à la plage avec votre bande de copains, le jour même où vous aviez prévu d'étrenner votre adorable petit Bikini blanc acheté en solde (une misère !) chez Marks & Spencer.

En la voyant s'agiter à ma droite, je comprends qu'il est urgent de protéger mon espace vital. Il y va de ma survie personnelle. Je fixe ma voisine entre les deux yeux — il paraît que c'est là qu'il faut regarder les poules pour les hypnotiser.

— Oui, Helen ?

Elle me demande, très première de la classe :

— Tu ne peux pas faire moins de bruit ? J'ai du mal à me concentrer.

Fayot ! Je me souviens que le jour de mon arrivée chez Cupidon & Co, je me suis solennellement juré de ne jamais me laisser polluer l'oxygène par cette madame J'en-saurai-toujours-plus-que-vous. Ce matin-là, alors que je venais de lui annoncer, façon de lui faire tâter de l'épaisseur de mon bagage intellectuel, que j'avais fréquenté l'université de Penn — presque aussi cotée que Harvard ! — elle m'a regardée d'un air condescendant.

Elle avait connu une camarade qui elle aussi s'était inscrite à Penn car elle ne supportait plus la pression à Harvard. Elle-même, bien sûr, était sortie major de sa promo.

A Harvard.

Ensuite, il y a eu cet épisode tout aussi douloureux pour mon ego où, dans un élan de bonne volonté que je ne me pardonne pas, je me suis penchée par-dessus la séparation de nos box pour la prévenir que je devrais partir en avance pour aller au docteur.

— On dit « chez le médecin », Betty, a-t-elle rectifié sans même lever le nez de son écran.

De ce jour, je me suis retranchée dans une cohabitation polie mais glaciale. J'ai ma dignité.

Pourtant, et pour une raison que je ne m'explique pas, le petit peuple des secrétaires de rédaction semble considérer Helen comme un don de la Providence pour Cupidon & Co. « Helen, tu es la diva de la ponctuation ! Pourquoi n'écris-tu pas un manuel ? » s'extasient-elles. Quand ce n'est pas : « Raconte-nous comment c'était, Harvard ? » ou pire : « Si tu nous parlais de ta théorie de la déconstruction subjective dans l'*Ulysse* de Joyce, Helen ? »

O.K., j'exagère un brin. Mais citez-moi une seule femme normalement constituée capable de consacrer ses pauses-déjeuner à la lecture d'ouvrages aussi folichons que, pour n'en citer qu'un, *Paradigme pour une métaphysique appliquée à la narratologie historique* ?

Le plus étonnant, c'est que ma froideur à son endroit ne paraît pas la décourager. Mon petit doigt me dit qu'elle doit bouillir d'impatience de m'exposer ses théories percutantes sur la déconstruction subjective et la critique littéraire post-moderne.

Pas plus tard qu'hier matin, j'ai encore eu droit à une tentative d'incursion sur mes territoires. « Est-ce que je t'ai déjà raconté que, quand j'étais en première année à Harvard, Jim — tu sais, Jim Galworthy, le prix Nobel de littérature — voulait absolument que je donne des conférences dans tout le pays pour présenter ma thèse ? Il est vrai qu'elle est si innovante... »

Et patati, et patata. Moi aussi, ma poule, j'ai une maîtrise de lettres modernes. Bon, une demi-maîtrise, puisque je n'ai terminé que la première des deux années. Mais comme je dis toujours, pour ce que je gagne ici, c'est bien suffisant, n'est-ce pas ?...

Voisin, voisine, par Candy Halliday - n°11

Quand on veut, comme Mackenzie, fuir comme la peste les séducteurs de grand chemin, que peut-il y avoir de pire que d'habiter *en face* d'Alec Southerland ? Oui, en face de ce ténébreux pilote, de ce Don Juan qui ne trouve rien de mieux, quand il est poursuivi par une de ses admiratrices, que de se réfugier chez *elle*, sa *chère voisine* ! Supplice… ou tentation ?

Le nouveau visage de la collection Or

◆

AMOURS D'AUJOURD'HUI

Afin de mieux exprimer sa modernité et de vous séduire encore davantage, votre collection Or a changé de couverture et de nom depuis le 1er mars 1995.

Rassurez-vous, les romans, eux, ne changent pas, et vous pourrez retrouver dans la collection **Amours d'Aujourd'hui** tous vos auteurs préférés.

Comme chaque mois, en effet, vous y attendent des héros d'aujourd'hui, aux prises avec des passions fortes et des situations difficiles...

**COLLECTION
AMOURS D'AUJOURD'HUI :**
Quand l'amour guérit des blessures de la vie...

Chère lectrice,

Vous nous êtes fidèle depuis longtemps?
Vous venez de faire notre connaissance?

C'est pour votre plaisir que nous avons
imaginé un rendez-vous chaque mois
avec vos auteurs préférés, vos
AUTEURS VEDETTE dans les
collections Azur et Horizon.

Les AUTEURS VEDETTE vous
donneront rendez-vous pour de
nouveaux livres vedette.

Pour les reconnaître, cherchez
l'étoile ... Elle vous guidera!

Éditions Harlequin

HARLEQUIN

LE FORUM DES LECTEURS ET LECTRICES

CHERS(ES) LECTEURS ET LECTRICES,

VOUS NOUS ETES FIDÈLES DEPUIS LONGTEMPS?

VOUS VENEZ DE FAIRE NOTRE CONNAISSANCE?

SI VOUS AVEZ DES COMMENTAIRES, DES CRITIQUES À
FORMULER, DES SUGGESTIONS À OFFRIR, N'HÉSITEZ
PAS… ÉCRIVEZ-NOUS À:
    LES ENTERPRISES HARLEQUIN LTÉE.
    498 RUE ODILE
    FABREVILLE, LAVAL, QUÉBEC.
    H7R 5X1

C'EST AVEC VOS PRÉCIEUX COMMENTAIRES QUE NOUS
ALLONS POUVOIR MIEUX VOUS SERVIR.

DE PLUS, SI VOUS DÉSIREZ RECEVOIR UNE OU
PLUSIEURS DE VOS SÉRIES HARLEQUIN PRÉFÉRÉE(S)
À VOTRE DOMICILE, NE TARDEZ PAS À CONTACTER LE
SERVICE D'ABONNEMENT; EN APPELANT AU
(514) 875-4444 (RÉGION DE MONTRÉAL) OU 1-800-667-4444
(EXTÉRIEUR DE MONTRÉAL) OU TÉLÉCOPIEUR
(514) 523-4444 OU COURRIER ELECTRONIQUE:
AQCOURRIER@ABONNEMENT.QC.CA OU EN ÉCRIVANT À:
    ABONNEMENT QUÉBEC
    525 RUE LOUIS-PASTEUR
    BOUCHERVILLE, QUÉBEC
    J4B 8E7

MERCI, À L'AVANCE, DE VOTRE COOPÉRATION.

BONNE LECTURE.

HARLEQUIN.

VOTRE PASSEPORT POUR LE MONDE DE L'AMOUR.

69 L'ASTROLOGIE EN DIRECT
TOUT AU LONG
DE L'ANNÉE.

(France métropolitaine uniquement)
Par téléphone 08.36.68.41.01
0,34 € la minute (Serveur SCESI).

Composé et édité
PAR LES ÉDITIONS HARLEQUIN
Achevé d'imprimer en avril 2003

BUSSIÈRE
GROUPE CPI

à Saint-Amand-Montrond (Cher)
Dépôt légal : mai 2003
N° d'imprimeur : 31831 — N° d'éditeur : 9902

Imprimé en France